盛大的虫鸣

2019年 第三卷（总第38卷）

主编：潘洗尘

编委：叶永青 朵渔 巫昂 西叶 宋琳 赵野 树才 莫非
耿占春 桑克 雷平阳 潘洗尘（以姓氏笔画为序）

長江出版傳媒
长江文艺出版社

图书在版编目（CIP）数据

读诗·盛大的虫鸣 / 潘洗尘主编. -- 武汉：长江文艺出版社，2019.9
ISBN 978-7-5702-1003-9

Ⅰ. ①读… Ⅱ. ①潘… Ⅲ. ①诗集 - 中国—当代
Ⅳ. ①I227

中国版本图书馆CIP数据核字(2019)第092567号

责任编辑：谈 骁　　　　责任校对：毛 娟
封面设计：天问文化传播机构　　　　责任印制：邱 莉　王光兴

出版：长江出版传媒　长江文艺出版社
地址：武汉市雄楚大街268号　　邮编：430070
发行：长江文艺出版社
http://www.cjlap.com
印刷：哈尔滨经典印业有限公司

开本：720毫米×1020毫米　1/16　印张：16
版次：2019年9月第1版　　　2019年9月第1次印刷
行数：7833行

定价：39.00元

穿越词语

<

目录

银河系

<

关注

<

生于六十年代

<

长调

<

我并不满足及时行乐的哲学

阿吾

在家里

在家里
我是物的用人
我通过混乱创新
我让裤子、衬衣
坐在椅子上
玩平衡游戏
我让售货机找给我的硬币
铺满茶几
像怪物的眼睛盯着夜空
我让一个礼拜的食物
躺在沙发上
植物也需要睡眠
这是我今年才知道的
我让一只来自以色列的梅花鹿
整天站在床头柜上
整夜也站在床头柜上
树枝一般的鹿角
顶着我的梦境
昨天我亲自动手
拆掉了马桶的盖子和垫圈
让冰凉的陶瓷
刺激我的屁股深思
它张开的大嘴
可以用水的物语
说出我的禁言

2018.3.31.惠州

翻越铁轨

几天过去了
我还是不能忘记
那晚月光下
独自翻越铁轨的情景
当晚十一点许
我走出地铁立水桥站
回住处有两条路
一条是大街
灯火通明
需要走二十分钟
一条是小路
需要爬坡翻越铁轨
可以少走五分钟
我选择了后者
在北京的一个深夜
有这么一段路
月光胜过了灯光
我爬上十米高的土坡
站在两条铁轨之间
左顾右盼
像一个罪犯
在寻找下手的目标
我在水泥做成的枕木上
向右走了几十步
再向左走了几十步
感觉两个方向都很遥远
干脆乖乖地走下土坡
回到现实的路面

2018.3.27.北京

我喜欢在人少的时候到购物中心

我喜欢在人少的时候
到购物中心
这样我可以在四层
背靠一根圆柱坐下来
跷着二郎腿
闭着嘴
满脑子跑火车
穿越无数的隧道
其中一条叫中梁山
留下经典的诗句
其中一句是
黑暗需要一条隧道来释放
过去两年这种过程
我已经重复几十遍
今天略有内疚
圆柱上的灯箱广告
我竟然毫无记忆

2018.3.23.北京

从沙头角进入香港

我坐在直通车上
从沙头角进入香港
几分钟后
看见五十米开外
两只像白鹤一样的大鸟
站在浅水里
啄食水草中的鱼虾
要不是刚通过检查站
我不敢相信自己的眼睛
一定会误认为这里是

什么自然保护区
而不是与纽约伦敦东京
齐名的超级都市
有了这样的神开始
我后来去九龙塘又一城
中午在湾仔中环大厦
下午在北角炮台山康宏汇
一天都带着乡村的气息

2018.3.14.惠州

键盘

作为一个写作者
就是有了智能手机
还是离不开笔记本
我每天不少于六小时
盯着电脑屏幕
左手右手同时开弓
抚摸敲打键盘
现在用的这个本
已经与我相处五年
有的按键磨出了印痕
也有几个按键
我从来还没有用过
它们分别是
左下角的Fn
第一排中间偏右的prtsc
第四排靠右的左右方括号
和左右大括号
说不清楚我是歉意
还是遗憾
或者二者兼有
就像一个被推翻的国王
曾经冷落了一群妃子

2018.3.10.惠州

积雪都去哪儿了

上个月
从重庆开车去岳阳
出黔江石柱
进湖北利川
翻越海拔一千米
之上的齐岳山
沿途白雪皑皑
出于赶路
计划回程时
再停车赏景照相
三天后
我们一行人原路返回
环顾四周
再也找不到雪的踪影
一个月过去了
就为这个事
我的郁结至今打不开

2018.3.10.惠州

观赏河豚

在购物中心五层
有一间日式料理店
门口陈列两个玻璃鱼缸
十几条河豚在水中游弋

常常有人在此围观
美女咨客闲暇的时候
会捉出一条鱼来
让小孩子抚摸
身处危险中的河豚
肚腹会突然鼓胀成球状
引起人们阵阵惊叹
我站在人群中
忽然想到
自己多像这条肺气肿的鱼
只是想了很久
也未能圆这个比喻

2018.2.28.北京

辛酸

谁没有辛酸
谁没有笑着说起过辛酸
过去一星期
我的辛酸就不说了
刚才我打的到机场
司机跟我说
有次他七点赶来排队
天气有雾航班不能降落
一直等到十点才拉上客人
却是去两站路的碧津坐轻轨
刚刚跳字就下车了
一共收了十一块钱
自己贴两块
吃了一碗牛肉面

2018.2.19.重庆

我重新开始喜欢春节

我重新开始喜欢春节
不是因为它的年味
丰盛的食物
和疯狂的欢天喜地

富人们正在海外旅游
中产们累得瘫倒在床上
穷人养成了晚起的陋习

我喜欢今天清晨的宁静
它把故乡重庆还给我
这里有了自己的安息日
我的心也终有所属

2018.2.16.重庆

我闻到江水的味道

傍晚去水东街
推门下车
空气中飘来一阵熟悉的味道
淡淡的清香
夹杂丝丝的腥
我仿佛回到了故乡
快步向江边靠近
直到把手伸进江水
这个季节的东江
像极了开春前的长江重庆段
我在惠州住了二十年
第一次找到儿时的感觉
我一直住在龙丰

离水还不够近

2018.1.27.惠州

一个人在购物中心的轨迹

我站在购物中心的一个角落
看人来人往
我本身也是人来人往中的一员
我也才被
茶色玻璃的旋转门
吐出来
现在我看见
两个人被吐出来
三个人被吐出来
五个人被吐出来
有老人、中年人、青年人
少年人、儿童和婴孩
有女性也有男性
他们进入购物中心之后
有的向前直走
有的向右走
有的向左走
向左走的是去乘坐垂直电梯
通达负二层至五层的任何一层
向右走的是去家乐福超市
长达五十米的手扶电梯
把手推车连人一起送到上一层
向前直走的是到中庭
可以先去一层的店铺
再在中庭手扶电梯上选择
下一个目标
以上所说过于笼统
实际的情况更为复杂
比如原来向右走的人
推着购物车上到二层的超市门前
突然扔下购物车
转身来到中庭的二层
走进一家女装店
取三两件服装
躲进试衣间照镜子
举止像欧美的间谍
一个从手扶电梯上到四层的人
可能很快又从四层下到三层
很快又从三层上到四层再上到五层
一个正常人
在购物中心的两小时轨迹
如果录像下来回放
多数都像民国的特务

2018.1.17 北京

我并不满足及时行乐的哲学

上帝啊
我已经真心信奉你二十年
我相信你是世界的主宰
你无所不能
你是道路、真理和生命
可现实告诉我
及时行乐才是智慧的哲学
我也可以这样做
你让我并不满足
由此注定我悲伤的心

2018.1.12.北京

我看见的长江水

从小
我就看见长江水
自西天而来
在我家门前转一个大弯
向北奔流而去
流到哪里
原先我只知道
开始是李家沱
后来是朝天门
整整二十年后
我去江苏启东
乘船往上海十八里铺
途经崇明岛
我才看见家乡水
其实后来到了这里
最后去了哪里
一说东海
一说太平洋
一说天上云端

2018.1.12.北京

最好看的汉字

我想了又想
找不出哪一个汉字不好看
包括丑字
这说明在我的心目中
每一个汉字都好看
最好看的至少也有十个
一、十、人、大、小
口、水、心、飞、天
非要让我选一个不可
我首选十字

2018.1.13.北京

铺盖

我是重庆人
把被子叫作铺盖
一年三百六十五天
大约二百五十天
我都住在惠州
其中两百天
我都不盖铺盖
什么都不盖
有时候
我甚至什么都不穿
其中三十天
我盖一床铺盖
时而薄，时而厚
其中十五天
我盖两床铺盖
一床厚，一床薄
其中三五天
我盖三床铺盖
昨晚
我盖的就是三床铺盖
从脚一直盖住头

2018.1.10.惠州

二〇一七年的末日

我一直熬到
北京时间晚上十一点
才动手写这首诗
以便符合传统
我一直把想说的话
熬到今年最后一天
才把它变成文字
以便符合现实
无论谁
在时间面前一样贫穷
我常常想
可能上帝就是时间
开始于仁慈
止于残忍

2018.1.1.北京

列车经过亳州

广播在音乐的烘托下
优美地解说
亳州是一座历史文化名城
中国优秀旅游城市
全球最大中药材集散中心
庄子、华佗、曹操、花木兰故里
三项国家级非物质文化遗产
二夹弦、五禽戏、老子传说
的发源地或传承地
如今的亳州下辖一区三县
谯城区、涡阳县、蒙城县、利辛县
我听到这里
突然感觉神经受到刺激
过去十五年来
利辛县赵庄爱心之家
收留的一个个残障儿童
他们扭曲的面容
开始陆续浮现在我的眼前
沿着铁轨追赶我
我的多位家人
都曾去探望他们
而我
说得太多做得太少
就像这个时代
不管历史多么悠久
它都承载不起残酷的现实

2017.12.18.火车上

从地下经过虎坊桥

现在
我乘地铁七号线
从北京西站去磁器口
第五站是虎坊桥
看着线路图中的站名
越来越近
往事也越来越近
我第一次发表诗作的刊物
我的第一家工作单位
曾经都在这里
我也曾经在这旦
与她一起孕育
我们的第一个生命
可惜当年夭折了
我还曾经在附近的珠市口

被子弹打得四处逃窜
跑回这里的办公室
独自坐在地板上
默默流泪
从此改变人生轨迹

2017.12.9.北京

民间音乐家

十八岁以前
我没有听过现场交响乐
在我的记忆中
只有民间音乐家的表演
其实也不是表演
只是他们养家糊口的手艺
这会儿
一一浮现在我的眼前
小镇上的铁匠铺
大清早就传来张铁匠的敲打声
一块铁打另一块铁
难以形容它们的悦耳
李石匠起得晚
卖力气从不示弱
一把铁钎打一块石头
更加坚定和清脆
弹花匠一年来一次
一般在入冬之前
吊弓的弦是什么材料做的
我已经忘了
它弹出的闷骚声音
总是有言情的故事

2017.11.8.惠州

模仿诗人去生活

慢慢

身份证

我一生中有两次躺在手术台上
敞开美丽隐蔽的身体
被人像布匹一样剪开，撕碎，再缝补
从此我带着这三道疤痕
像带着低等公民的身份证
随时被人提醒，要注意自己的身份
我是一名母亲，一个破碎过的人

梦

一片巨大的麦田
不是黄色的，是青色
无人驾驶的收割机
来来回回，寂静无声
随后大片大片的空
我知道，我不会再种下什么

春夏之交的中午适合做梦

春夏之交的中午
有别于其他中午
冬天太冷秋天太萧瑟
又不像夏天日照过于强烈
汗渍会破坏一切

它的温度，正好够焐热一个美梦

你必须午睡，在春夏之交的中午
一年之中只有这个时候适合
没完没了地做梦
不必担心把梦做坏
窗户留一点缝隙，窗纱被风吹起
暖黄色会直接打到你的梦里
窗外马路上汽车驶过的轰鸣声
也在传递爱意

不能穿太多，背心短裤
盖一床薄被
不要棉被，要太空棉、蚕丝或羽绒
翻个身，另一面也被悉数照耀
你整个，整个儿
都暖透了，像被真正爱过

青岛的风

那年秋天
我还年轻
也就是现在这般天气
我飞去青岛见一个朋友
我吃了她带给我的
海蟹、海虾
又吹了海风
有了人生最严重一次过敏
也不知我的过敏源
究竟是海蟹、海虾
还是那个
我们并肩行的夜晚
吹过的
令人迷醉的
海风

一只长颈鹿跟我私奔

我盯着她柔软的颈部动了心
现在她温驯地躺在我的
汽车后备厢里
用打成漂亮蝴蝶结的脖子
均匀呼吸

悄悄熟透的女人

11岁的外甥女
领来一帮同学做客
我招待她们，给她们
分发糖果
轮到那个，荷叶般
轻巧干净的女孩时
我脑子里快速闪回了
她的一生
我拿着糖果的手
突然变得，不合时宜
招待这样的女人
应该用，一个吻

开往北京的高速列车

这是我期盼已久的
开往北京的高速列车
列车在大雾中前行

天色喑哑，被夜占领
我坐在列车上
一片茫然
我不是不知道我的目的地
可那里，已经没什么
我非见不可的人

几何题

我的周围
有她、他，还有他
他们组成一个
等边三角形
我站在三角形的正中心
当我开始转圈
越转越快
快到，飞起来
就能做到
空无一人

失踪

把一滴血
从心脏抽出
滴入杯中，用水稀释
再倒入马桶
经下水道
汇入大海
再升上天空
最后变成一滴雨滴
落在我眼前
无色无味
跟其他滴没有任何不同
我就是这么让你
消失的

刀与鹅

一个人想吃鹅
他举起刀
要把鹅砍碎

一个人
当他举起刀
他最好老老实实地
待在厨房
并把房门锁好

一个人，举起刀
来到厨房以外的地方
哪怕是自己的家里
那他另一只手上
最好拿着鹅

再见老卡

我曾经，搜寻
一切与你有关的讯息
将它们视若珍宝

我曾经，怕你小说没人欣赏
画卖不掉，歌没人听
晚上喝多了摔在路上
生病死在家里

两年零六个月我一直给你写信
整整九百一十三封

我们见过三面
有过八次欢愉
而这什么也不能说明

你不止三次让我远离你的生活
“请让我安静！”你说
好像我是只讨厌的蚊子
只会围着你嗡嗡乱响

如今，我什么都不再怕
我们终于势均力敌
你不爱我，而我
也不再爱你

骆驼之死

一个结论轻而易举就在它脑中成形
一头巨大的骆驼应声退下
在它的背影里我看到
刺绣般密集的衰弱与奄奄一息

我曾误判它健壮又年轻
它过得主观，不得不一次又一次
从虚拟的水面照映自己
乐此不疲地投入一场场爱情

我知道，一眼与我们无关的
新鲜泉水
就在离它不到两百米的地方
——等待它重新前行

可知道吗，骆驼
这个世界上我仍在意的东西
已经所剩无几

无题

它体验过很多种极限运动
最熟悉的是从高空坠落
一颗心跌到肚子里
并不会因此感到踏实
一颗心摔了下来
就像一个人从地球掉进了外太空
太刺激了，令人忍不住想要痛哭
此时此刻，它没有跌落
还在原地
只是被蒙上一层薄薄的糖霜
并不甜蜜
有些像被腌制
水分快要掉光

蝙蝠

我曾抚摸过一只蝙蝠
温热的身体，薄薄的皮肤
像极了一个婴儿的背部

当我抚摸我的儿子
我想到那只蝙蝠
黑暗里一个婴儿被蒙住眼睛
黑暗里一个婴儿在空中飞行

一只误闯入我家的蝙蝠
房顶不够高，空间也不够大
蝙蝠像一只无头苍蝇
惊恐地乱飞，险些撞上墙壁

一只跌落的蝙蝠
被拔掉毛的猫狗
刚出生的婴儿
他们同时在我脑中闪过

指针

指南针失去了南极
该指向哪里
它需要另造一团引力

睡觉时仍不会忘记的方向
消失不见
指南针彻夜难眠

它需要指向新的方向
不知在哪里
它需要修改它的名字
不知叫什么

答案

不要问我这一生
不要问我多少年以后
不要问我这个月
不要问我明天
要问你就问此刻
如果你问
我会告诉你答案

丧

这是一首很丧的诗
在诗里，不时发生海难
我的日常就是
打捞沉船，清点死尸
在每日临睡前
默念一个数字
告诉自己，又有多少人
从这世上消失

模仿诗人去生活

吻两片嘴唇，并不企图摘下它们
赞美一个少女的天真，并不打扰她们
和一个干净的声音对话，不紧不慢
享有却并不霸占他们
我试着放缓脚步，每一步
我听到咚咚的声音来自心脏
那里已把慌张撇清
他说，当你走路，
走下的每一步
都可以是一个诗句

大唐西域记

叶舟

帝国的边界

这里的落日，像一眼佛窟，
照着水草、游牧、谣唱和弯刀。

这里的城堞，埋着一只法螺，
需要足够的悲伤、隐忍与偈语去诠释。

这里有焰火，当香音神下凡，赠予了
锄头、连枷和草籽，一切将大为改观。

有时候，山下的八百里急递，并不
说明太子有恙，而仅仅为了新鲜的樱桃。

这里的月光，宜于诵经，因为
黑暗落潮，众山仿佛一群缄默的罗汉。

这里的集市，一般在午夜时开张，
有的兜售亡灵，大多数却谈议妓女的诚实。

这里秋风正紧，十二只天鹅分头
而散，去传布第一场暴风雪的坏消息。

有时候，我在窗下抄经，身后
是天竺，眼前却是此生中最坚硬的大气。

有僧路过阿富汗

有僧西去，一叶经，
一盏灯，
一捆草鞋和僧衣。
有僧西去，口诵佛号，
像一枚怒放的石榴，
内心独运。

那时候的阿富汗，
露水饱满，
牛羊遍地。
那时候的阿富汗晨钟暮鼓，
香火袭人。如果
天空是一座佛龛，
那么，通往天竺的路上，
便有月亮和狮子，
双手合十，
洒扫一新。

路经此地，有僧濡墨，
援管，扪心抄经。——那一年，
我和悲伤一起，
从夕光中打马还家，
看见群山肃立，
众佛有礼。

波斯一瞥

波斯的天空上，坐着
一只鹰，
春天吐蕊，
夏日芳菲。
天空中的那一只鹰，
并非国王，
而是法典和僧侣。

没有人听说过洪水，犹如
莎草纸的经文里，
不包括阴影。傍晚时，
有人在河水里打捞
金鱼
和内心。
假如隐忍是一种品质，那么
菩提树上的僧衣，
也就不足为奇。

今夜，露宿于月亮之下，
漱口净心，
让人世间一览无余。

今夜，一定要原谅蝴蝶
和亡灵，因为太多的生命
一直隐而不语。

无花果树

一切皆空，
照见五蕴如是，度尽苦厄。

然而，仍有秘密的花朵，
开在内部，
像荒凉的枝条，支撑起
一角寂灭的天空。
仍有不久之前的缘起，
萌芽，破土，
徘徊，长饮，
抽芯怒放，

一再沁出了信仰的泪水。

秋天了，那么多的糖包子
挂在树上；
那么多的汁液，迎风
肃立，仿佛
在回答一生中的诘问。

且摘一枚，送往东土大唐，
蜜与流奶，
供养广大的人民。

那一只净瓶，
熏香缭绕，
沐浴更衣；
一些游移的黑鱼，
来自经文，或者
人间的泪水，
从不曾凉却，诉说着
天庭以上的机密。
——如果仔细，便发现
此刻我站在了
须弥山的中央，依偎
在了如来的手心。

冰山上的来客

用一只火镰
靠近冰山，却发现
羊群聚集，
在孵化一枚鹰卵。
在山腰的密室，
豹子出入，
披风戴雪；
因为一朵忧伤的
莲花，濒于难产。
蜻蜓来自夏季，
它脆弱的翅膀，恰好
可以丈量一个人
朝觐和皈依
的距离。天竺尚远，
有关恒河一带的平原，
鳄鱼横行，
彗星陨落；与这里的
冰封形成了反差。
山顶的湖泊忧伤如故，
野花成草，像寺里的

看见石油

这黑油的火。
这膻腥而败坏的火。
这地下的火、泛滥的火，
带着诅咒、阎王和暴力的火。
这沙漠尽头的火。
这干旱又贫瘠的火。
这榨干了石头，从黑暗里
飞溅而出的火。
这妖精麇集的火。
这寒凉的火。
这部落里不肯点灯，也不去
烧烤黄羊的火。
这阴历的火。
这《南方伽蓝记》中的火。
这九桶子的火，三马车的火，
靴子上跳跃的火。
这闪电击中的火。
这稠密的液体的火。
这黑脸巨人嘴里喷射的

灰飞的火，烟灭的火。
这西天一带的火。
这众神逃离的火。
像一条河流，将我和
兴都库什山，分隔两岸。

坐在火畔，我拈指一笑。
一切，如梦幻泡影，
如露亦如电。

心经

每一步，我都繁华落尽，
走进秋天的肃穆。

每一步，我扶起了倾斜的笔画，
坍塌的字母，筑桥结筏。

每一步，从色到空，
从空到色，我看尽了虚无。

每一步生死的路上，
我学会了微笑，却从不说出。

葱岭之上

和驴子一起，
驰越山岭，就好像
跟一群伙伴
歃血为盟，泄露
天机。和一盏灯
转过山隘，
仿佛与一个哑巴
坐在长安，
看破此生的红尘。
和一双芒鞋，
一把伞，走下
坡顶，那些曾经的
悲伤与漏洞，
也将秘密地
修复和痊愈。和一颗
流星，一根竹杖，
打问时间的流向，
却意外地获取了
豹子、蘑菇、佛陀
与顿悟的消息。
和一皮囊水，九卷
经书，一块干粮，
看见了苍茫的印度，
理所当然，就等于
找见了前世的
自己。和雨季一起，
穿过热带与贫瘠
的墟烟，喊来几个菩萨，
一朵莲花，请求
一场庄严的说法，与沐浴。

恒河一带

葵花不说，因为太阳已经
指定了穷人、经卷和抒情的银行，
驻留在这宽阔的两岸。

蓑羽鹤不说，当气流驰入了
信仰的南坡，便有僧衣与芒鞋，
拦住了惊马和流血的平原。

灯也不说，带着镰刀与宫殿，
在饥饿的旱季，在水中，
找见盐和一丛悲伤的火焰。

佛陀不说，他优美的手印，
类似于一本奥义，谁翻开了
典籍，谁就抱住了灰烬——

佛教遗址

什么惊变，打碎了那一只净瓶？

我试着从灰烬中，
找见半炷香，
却打不着火镰。我从
壁画上取下
一只碗，茶叶不在，
但泪水难凉。
我拾起一块门板，挡住
瓦罕走廊吹袭的
瘟疫和暴雪，但鹰群
落下，扣住了那一片
悲哀的山峦。我知道，
秋天尚远，有关青春
和热血的故事，不曾驶离，
比如倾圮的颓墙，
比如仙人掌、星宿
和午夜的祈祷，依然
恳切而漫长。
月亮和我，站在
此刻的人间，相互搀扶，
走下了这一座
荒凉的祭场。

弯腰，我捡拾起一枚舍利，
吹落灰尘，看见
它照亮了西天以远，包括
一次杀伐
与牺牲。

天竺之行

平原以西，那骑在一匹
白象上的是谁？
干旱已深，雨季
像一封作废的书信，
那在泥泞的滩涂上打滚的
鲸鱼是谁？五月之后，
集市开始密集，
一条蛇闻笛跃起，口吐
抱怨，那抱着鲜花
的尊者却是谁？
往往在这个时候，
悲伤价廉，一些清贫的
生计可以被忽略。
但是，一只不忍别弃
的白鹤，弯下了头颈，
浣洗蓑衣，
晾晒经书，决不
说出天空的机密。
那一刻，风像一片灰尘，
浆果落地，
寻找着自己的根茎，而
湍急的星群上，三匹
火红的狮子，
正在浇灌着菩提。
是谁？在崎岖的人世，

在崖壁，在莎草纸上，
留下了自己的肖像，
接着焚毁？谁又用一盏灯
代替膏药，
穿州走府，摸进了
这一座鸽子诵唱的
广大废墟？

娑罗双树

我到来的时候，这棵树
已然枯悴。
井边的人民，
也干旱良久，双目
迷离。平原上
的鸦群像一册册经书，
黄昏里打开，却又在
黎明前合上，
只字不语。

唯有佛陀尚小，
一派天真，
风中捉蚂蚱，树上
粘知了。
落叶纷乱，犹如
遍地的金刚，
庇护着胎衣和预言。
他晴朗地诞生，
仿佛轮回，再一次
站在了今天。

而母亲守在窗口——

像一块白色的
黑板，
纤尘不染。

在菩提树下削发

这一生的话，也不过是
乱语三千。
这一场黯淡的
书写，其实是内心的
灯盏忽明忽灭。
这一世的烦恼与嗔妄，
等于一册凌乱的
经书，
需要重新装订。

那时，我在菩提树下，落木萧萧——

那时的抽心一烂，
只为了替整个春天，
剔除心病。

菩提伽耶

卖金盏花的女孩儿
走过树下，
看见得道的人，依旧
沉浸。狗是一名信使，
蝴蝶乃幻影，
至于日光下芳香扑鼻的
肉身，则是
另外一个问题。
卖金盏花的女孩儿

不是别人，像我的妹妹，
但更可能是菩萨。

我与她在前世走散，
今生碰面——
如果雨季持续，我还会
认出她手里的
花朵，其实
是一粒爱情的舍利。

在菩提伽耶，我趺坐
并且微笑，
却不曾开口，说出这个
坎坷的秘密。

刹那间

黑夜是永生的，即便
月亮
开成了一朵白莲花。

在最漆黑的山顶，
提灯西行，
突然邂逅了一只
抖擞的公鸡。
它一介布衣。
它独立。
它啄食着世上的
梦魇与疾病。
它顾盼自雄，
正在练声。

那一刻，我打开经书，
却看见一行偈语，
黎明初起。

影舞

徐江

手机

他把画面在手机上
放到了足够大
手机把他
所能想象的场景
演到了足够小

时光

“我希望记录下那孩子最后的时光。”电影里的人这样说

他把它记下来，想象说话人是上帝，上帝看着盆里一只转动的蓝色星球这样说

台词

——他失踪了多久
——葬礼之后就一直没再见到

导演

你拍《水浒传》像个艺术家

拍破烂儿就是个垃圾桶

琴坊

乐器作坊里的
木条和木片
看起来
跟棺材店里的
没太大区别
只是比例稍小

黑框

为什么
每次在影像或生活里
看到那种黑框的眼镜
我的心会一沉

台词

出色的台词
是活出来的
或者也可以这么讲

是疼出来的

诗人

关于巴勃罗·聂鲁达
已经有了两部电影
一部中，他被追捕
一部里，他在流亡

桥段

实行刺杀前一小时
他把一切准备就绪
但最后还是难逃失败
他忽略了现场的座钟
那只钟是倒着走的

海上疑云

游船停靠港口
旅客们跑到
艳阳下的陆地
去松松腿脚
大侦探在船员引领下
研究尸体上的匕首
我偷跑出来
写两句诗

书名

《草疯长》，今村昌平的书名
《我被封杀的抒情》，大岛渚的

黄昏的风
比早上时停下了一些

我的画外音

我喜欢那些破破烂烂的街景
它们充满质感
就像你拥有过的生活和略微
变往黑白的记忆
偶尔还可以在大脑的底片上
画上一个绿色的盆栽

钢琴

小的时候
新闻电影一演到病人痊愈
就配放大音量的钢琴演奏

黑白

让我们单纯地进入
那些黑白照片里的故事吧
单纯地走入那些
黑白镜头描摹的剧情
我们所做的一切
不过是它们彩色的流苏

名著

名著改影视
再多的时长
也是要减去不少内容
烂书改编影视
再长的篇幅
也需增加不少内容

雪

树枝被碰了一下
上面的积雪掉向地面
我望着老电影
在想那些雪
它们真的是盐吗

片尾

再惨烈的战国故事
最动人的永远是片尾
那有雾有霜有水
有佳人的嘶哑歌声

气温持续下降

何小竹

气温持续下降

在有暖气的房间里
所有的思考都是合理的
但所有合理的都不过是纸上谈兵
以头撞墙，一切皆有可能，这是哲学
现实的情况是，墙上开满了鲜花
唱歌的鸟儿成群结队

天气

他出去转了一圈
回来说，下雨了

语气轻描淡写
很平常的样子
他出去转了一圈
回来说，下雪了
还是轻描淡写的语气
但表情有点不一样了
他出去转了一圈
回来说，出太阳了
不仅表情，语气也
有点不一样了
他出去转了一圈回来
说，天黑了，天
真的黑了
从表情到语气
都感觉到他的紧张
她说（轻描淡写地）
那你就不要出去了

把内容转化为形式

比如白菜，我们可以认为
内容是白菜，形式也是白菜
同样，一个男人抽烟的内容
也就是一个男人抽烟的形式
所谓转换，只是一种说法
其实无须有任何刻意的修辞
内容已经成为形式，就像
白菜即为白菜那么简单
有一天，我上了一辆火车
开始并不明白，有点昏昏欲睡
等到火车在一座山峰前转弯的时候
我看见了自己乘坐的这辆火车的尾巴
一下就明白了（懂了）
于是我走到5号车厢和6号车厢

的接合部
畅快地抽了一支烟

此路不通

相比于看见
左转，右转，掉头
这样的标志
开车的时候
我更喜欢看见
此路不通
每次看见这个标志
我都很兴奋
忍不住要
大笑
哈哈哈

洗澡

相比于沐浴
我更喜欢洗澡
它简洁明了
触及肌肤
在酷热的夏天
我们甚至把下河游泳
也称为下河洗澡
这与肥皂无关
要的是随口
就能说出来的
那种效果

明月村

我是在离开明月村一周之后
才开始感受这个村庄的
据说那晚打雷了，下雨了
但我睡得太死，不知道
现在我的感受是，这个村庄已经
不再是照片和文字
而是以气味和声音的方式
存在于我的体内
比如我现在抽一支烟
它就在烟雾的呼吸中显现出来
这还是最轻微的感受
我不敢想象，如果此刻
我就在这张沙发上睡去
梦中的第一站
会不会就是
那个两张床铺分置于楼上楼下的
客栈（晤里客栈）

远远的阳光房

本来是一个陈旧到不再
对所有光线做出反应的农舍
不过现在不一样了
因为一个重新的命名
每一面土墙都透出阳光的颜色
连门槛下的暗影
也闪烁着蔷薇的斑点
玻璃，随新的命名而至的玻璃
与靛蓝的布料并置一处
让浮光落于地面
此时，再回首窗外
所见不再是四月的景致

而是一种心情
啊，真的想这样喊一下
不带任何主题思想
纯粹的，啊

明月樱园

业主:熊英
设计师:何多苓

明月樱园
建在一个缓坡之上
我望见它的第一眼
是站在500米之外的
一棵油桐树下
业主熊英指给我们看
就是那里

继续走上
一个弧形的坡道
这个尚未完工的建筑群落
便以远景、中景、近景
以及特写的形态
依次展示在我们眼前
（我们是:中茂、安柯和我）

这是一次
激发想象力的参观
业主熊英
指着一块长满茅草的洼地
说，这里将建一个池塘
于是我们马上想象
池塘里可能
会浮游着几只鸭子

在私属领地与公共区域
交界的一片土坡上
我们看到，已经栽种下十多棵树木
我们问，它们是什么树
樱花，熊英说
明月樱园，当然要栽种樱花
（明月早已经有了）
于是我们开始想象
明年樱桃盛开的时候
最靠近樱花的那几栋建筑
将会是怎样一种气象

印象最深的
是建筑群的屋顶
它们彼此相连
让我想起了小时候看过的
一部南斯拉夫电影
游击队员
在萨拉热窝的屋顶上奔跑

参观完之后
我对熊英说，你选这地方很好
何老师设计得也很好
让我想起一句古话
那个什么什么，夫复何求

苍山下与冈仁波齐

赵野

苍山下（二）

独自

独自凝视苍山，好多词语
浮现如陌生真理
生命不过一个比喻
我们一代代，徒劳报废自己
天空空无一物，大地上
奔腾着粗鄙的现代性
这些我都毫无关系，我原是
存活在前朝的镜像里

黄昏

黄昏苍山让人心醉
我的人生开始做减法
这地老天荒的算术使结局
越来越清晰，年岁浩荡流逝
我们正在经历的每一天
其实就是最好的日子
我们什么也不能战胜，却总会
在同一条河流里淹死两次

雨水

雨水让我更能认识自己
看清世界稳定的真相
无为寺阵阵晚钟
多年的低烧渐渐痊愈
远处烟岚像发亮的灵魂
往另一座峰顶飘去
记忆凋零，我心若生铁
誓要与苍山共老

秋风

秋风扑面，带着种族幽怨
所有吟咏者已绝尘而去
那些高蹈姿态，原是
滋生在无边血腥里
我面对的整个历史犹如镜子
照得苍山一片寒冷
落叶纷飞，闪耀末世的光
赋予诗和美新的合法性

不可

——致耀缘师

不可诅咒绽放的花朵
觉受是一个幻象，随生随灭
开阔的智慧生长于山林
石头如修行，欢喜也是正义
我们正渡过血泪的海洋
马匹在手掌上踏破西风
时间沦陷时一念升起
万物互联，刹那里返回

想象

想象一种传统，春日
天朗气清，我们几个
吟风，折柳，踏青草放歌
或者绕着溪水畅饮
我们会在冬天夜晚，依偎
红泥小火炉，看雪落下
此刻诗发生，只为知音而作
不染时代的喧嚣和机心

老虎

老虎将死，最后的目光
沉进泥土化作琥珀
我摊开掌心，八方风云际会
人世又到了严重时刻
我们仍在艰难前行
每一座山峦都是火焰
一片苍茫中，我立地成佛
将自身移入他人与万物

历史

历史已然中断，怎么能确定
过去和现在的价值
一页页发黄的旧书中
可会找到路径，由我穿行

汉语要召回飘远的游子
做个暗夜持灯人
他将见证一次次覆灭
为新的经验正名

我以

我以秋天的心，说出
寺中之言，鸟兽岂可同群
如果诗不能证悟真理
六月苍山一片飞雪
又是新的一年，我满怀惊惧
浮云上飘浮的还是浮云
文脉断裂了，灵魂如何安顿
我们是热爱意义的人

苍山

苍山苍凉如故。零度的
青山对应着一部青史
云烟重重，真相无法看清
任渔樵闲话把酒
我与天意订个契约
出入山水之间，俯仰成文
生命终要卸下重负
词语破碎处一切皆空

注：“欢喜也是正义”语出马松；“渡过血泪的海洋”语出佛陀；“将自身移入他人与万物”语出李敬泽；“我们是热爱意义的人”语出曼德尔斯坦姆；“青山对应青史”语出赵汀阳；“词语破碎处”语出格奥尔格。

冈仁波齐

1

这里的每一块石头，都是佛
词语带海拔，能指变得虚无

悲心徐徐铺展，这是觉醒的
黎明时刻，雪峰化作一只白鹤

无尽的力量涌向匍匐的荒野
万物相连，我们有相同的感受

天梯闪着光，是爱推动群星
和太阳转动，期待人类证悟

2

突破极限的肉体，可以飞翔吗
大地和天空隔着多少咒语

漫山经幡激荡心旌，我还想
再来一点莫扎特，入世元音

在稀薄空气里有怎样的战栗
恒河就将卷起怎样的潮汐

我们祈望废黜时间，如鸟儿
摆脱重力，驰向冈仁波齐

3

四方云飘来，雪山披上僧衣
一切存在只为做好自己

殊胜的土地，一个种族繁衍
每处物象皆含逆天之谶

伏藏人潜行风里，随云而去
喜马拉雅飞升，撒播宏大密法

言辞凿凿，越过刀的锋刃
尘埃为中心，彰显得救可能

4

慈悲的大河奔腾，满天星斗
像一堂花开水流的消亡课

未来已来，文明纳入一粒芥子
不再有开始，也不再有结束

我看到所有的死都漂浮未定
世界出现了一种晚期风格

每个符号都是冈仁波齐
等着众生来读，或者误读

蜗牛

余怒

第一次

第一次我在羊齿植物
的齿状叶片间舒展四肢，享受
还来得及的、没有哲学味儿的
欢愉。这是胸腹之间世俗哲学的欢愉。
我们，制造过多少幽灵，
以恐吓我们自己，利用
文学手段。不啻给自己找麻烦。
野外，白榆树上，刺蛾科
的绚丽，徒然富有表现力。

野兔或双尾燕

对着夜空，喊那些流星，
不承认时钟认可的那时间。
度过平凡一生也需要有
向自己反复求证的快乐。
在我的幼年与老年之间
有一个摆脱身体的契约：
野兔或双尾燕；跑起来或飞起来。
但治愈所需的弥留般的寂静让它
多停留一段时日。至今无法实现。

每个早晨都感到快乐是重要的

每个早晨都感到快乐，
这是重要的。“叮当”，第一枚
硬币落入储蓄罐的脆响，
敲击着守财奴的心。伸手
摸摸，身边的她还在。尚完整。
百叶窗下，自我的金色条纹。
更多的，币值更大的硬币，
哗啦哗啦投进来：按一个
按钮，以巴甫洛夫的方式。

假象篇

树木的根使树木枯萎，
疾病的假象使我们消亡。
一次次，我轻率地与人谈论鬼神，
并为它们安排一个比这里明亮的地方。
假如死去又能马上活转过来，
那么死去就显得平常且美好，
像上班——回家——午休后
再上班；或夏日里度假，
颠簸车上的三分钟小盹。

自省篇

在清泉流泻过而今干涸的溪谷里，
我孤单一人，择路攀爬。一路上我
自问：我会客观地看待这个世界吗？回答
是：不能。即便有人回答“能”亦属正常。
他们履行父母或情侣的义务，可能
不是全部，而是约定的一小部分。
为此必须保持身体秘密。犹如卵石间
吞下数倍于己的不明猎物的非洲岩蟒。
流畅的凸起。听从温润本能。

独处篇

斑叶栀子花的纯白花瓣散发的
浓郁芬芳在卧室里萦回，多次令我不安。
身为诗人，想想我依赖过什么。没有。
但用可爱的诗比方情诗为自己或
别人解决过什么。没有。于是在
邻居敲门向我借取某种东西时我回答：“没
有。”
“但美是绝对的。”一个年轻貌美的
女人这样说。她还说：因此需要一座教堂。
我将之归于无知，以及古老表达的词不达
意。

怀人篇

群山环抱中我们一群人，
走着聊着如何确定我们
与旷野的新关系。最近的。我们的孤单。
山坡那边，一个本地女孩，朝着
涧水轰鸣的僻静壑谷喊一个人。
喊声沉入农历九月初刚刚挂果的棠梨树林，
在山势起伏的树林另一边升起。
我想起我们中失去的一个人。那时
我们也这么呼喊过。不接受任何空旷。

鸟儿斑斓

已知的鸟儿有上万种。按照
飞行路径为它们建立灵魂分类学。
树丛间的、河滩上的、光线
里的……五十岁之后我开始
接触这些不知有生有死的生命，像刚刚
离开一个被占领的国家，突然与人
相爱而站立不安。等等或看看。
拉近某个远处。聆听空中物。
从听觉那孔儿，探入那宇宙。

衰老中的我们

借助于衰老我们知道得更多，
超过一张张旧照片叠加的印象——
徒步登山与乘坐缆车的区别。
从男女之事中去获得经验这事儿
并不靠谱。事后听力、视力
都在下降。在窗帘拉开的
每一个新早晨，对发生的
每一件小事情说："谢谢"，
颇具形式感。像一对日本夫妇。

也可以说是自然选择

各个瞬间是均匀分布的。
为恐惧减少一些，
就会为喜悦增加一些。
年轻女人的欲望度。变幻的长宽高。
讨论美学无益，必须讨论解剖学：
新生儿的啼哭能力、中年人
的肌肉乏力感、老年人的爱国心。
田间日头下的葵花，悲恸
一直低垂，金黄最后温润。

树下诗

风和日丽而有立体感。花坛边，
一个男孩在往楼上的一扇窗户
投球，一个男人坐在轮椅上（有时
转动轮椅）笑着望着他。
一天不会属于某一个人，
除非他将它作为羞耻日。
站在两棵树之间，双臂悬于
树干，我欲将自己弹射出去。
想了想，又放下。这是花楸树和梨树。

更加抽象

画一个房间，画一个
人，在等待什么。
一幅抽象画，含义简单。
想想我是否
也站在窗边凝视过雨中的
一棵梨树上面有梨子或一段柏油路面上面有
车辙印以确定我是否悲伤过。
是的，有过。那时我是个孩子，刚醒。
悲伤是一个房间，是长方形的。

雪中早晨

有人在皂荚树下，仰头看
树杈间的雪。静谧自上而下，
来自某种压力差。
我也有着诗人都有的那种迷茫，对于
无限，及其用以迷惑我们的不确定性。
想起多年前，同样的雪天，给一个
老朋友写信，描述早晨的景物。
看一会，写一句（在表述不清处
做记号）。早晨形成，被我们看到。

普遍性原则

我不喜欢凌乱（比如
万有引力）。所有制止
凌乱的完美方式：整体移动的
星空、城市布局、辞典和伦理。
那儿，人们设计出
许多公式以对付时光，但没有
一本词典接受我的言辞。
没有一种关于疼痛的伦理适合每个人。
没有人分担疼痛。有人称之为分享。

仿哀歌

挽留年轻的声音。十六七岁
至二十一二岁。在呼喊不止
的肚皮舞看台一侧，当耳鸣
短暂停歇，我与亲爱的朋友
谈着怎样老去，更仁慈，或对于自己
更好。我们喝下很多酒，嗓门
越来越大。间或，我也会
趁乱独自想想其他事情，
望着烟头逐渐暗淡而出神。

有人给少年以金雀花

哑石

“有人给少年以金雀花……”

有人给少年以金雀花的形象，
这是好的；若醉心远方
图景，则需要抚触细碎白花的女贞。

近日来，我和妻子总会谈到
烦忧的事情，重重的石磨压在心上。
很快说些别的。我们无能为力。

能做到的，是每晚艰难入睡时，
轻轻一个吻——在沉寂的
夜晚，让你感觉到我还在，也是

责任。窗外夜色中物物沉落，
公开消息中的那张脸，蝰蛇正逼近：
从碎裂的笔尖，一个深渊凝视——

有人给少年以金雀花的形象，
这是好的；一个称圣者的
愿景，吞噬了光阴多少瘀紫的女贞。

“二月初二，龙抬头……”

二月初二，龙抬头，灰蜘蛛进屋。

打算今日郊游。早晨起来洗漱，
发现镜子正中央，伏了只海碗大的蜘蛛。

人间向来怵诡秘而无声的潜伏。
细辨其究竟，不是刚睡醒的
我，单单依靠视觉就能胜任的事务——

今日，吃猪头就叫啖“龙头”，
　　吃米饭就叫吞“龙子”，
　　吃饺子就叫嚼“龙耳”，
　　吃春饼就叫咀“龙鳞”，
　　吃炸糕就叫食“龙胆”……

先得收拾了这蜘蛛。你，向来
不杀生，但它撑开挑衅的
毛足，向这个早晨喷涌恐惧的灰雾——

可怜的近视者，有魔鬼偶数的
复眼，正不知从何处，狠狠瞪着我……

风来，别犹豫，请抄起能拍碎镜面的笤帚！

“春桃烤出遗忘的……”

春桃烤出遗忘的
油膏之前——
胎记，尚在无的波纹中。

道旁月季侧卧。
倒刺军团，
看上去，它要把
每个苞芽里的嗡鸣钟摆，
深深摁进泥土
湿暗的宫殿之中——

盖世太保卫生味，
针孔潺潺，
刺绣狼蛛白牙
和视线的锯齿形舌头。

喉咙。爱。稀粥。
云端监控数据
清晰了小区百变公主，
菊耳，体毛稀疏，
电火花身形，
相思豆。喝！嗨……

桃枝泄露橐橐的
靴声之前——
异兽，已在历书波纹中。

“宣纸吸墨……”

宣纸吸墨，也吸其他物事。
如果摩挲得足够细致，
宣纸就会被迫从纤维的茸毛中，
吐出一层油脂，淡黄
微珠的沙沫，人的油脂——

一个青年，口含翠绿橘树叶片，
小跑着，穿过教堂门口，
廊道间拥挤、尖厉的磁力线，
围绕他头颅的微甜，嗡嗡或嘤嘤。

我的意思是，无论何种形式的
果壳，抽象线条、龟文的
愿景，若放火苗上炙烤，
都会烤出薄亮的人之橘色油脂。

至暗时刻，历史因无力阻止

某些猝响，而有逃出星空的冲动：
近处的池水，隐忍、羞愤，
时空边缘壳形宇宙墙上，人的
讯息还在，用了一层蔚蓝的嘘静。

“微信朋友圈里……”

微信朋友圈里，绿绸舞动江水。
宜昌夷陵区，一个朋友计划
打造一片小三峡国际度假胜地：
晒图纸，恢复灰霾擦伤过的想象力。

江水在黑暗时刻承担了月光的
责任，让人追慕涌动中的
空盈。前天我才从老家一长辈的
葬礼归来，身躯恰好又薄又平——

我知道自己，还在经历着什么，
这不是意志可以规划的事。
此刻，需要考虑的技艺是在词语中
解除绳索，但不违反自然的重力。

老家渠江水会相遇小三峡的河水，
我的白发，大约也邀约着两岸
怒放的花。这里正困于反重力，
意义昏迷，词语方可开口说话。

很可能，即使紧贴着江底暗影，
我们，仍会低估暴君旋涡中诡诈的
衷情：孔明灯，涟漪上悬浮，
正喂食一群群跃出江面的肥硕青鱼。

“有可能一代人的头脑……”

有可能一代人的头脑就此停摆，
各处找不到人，能说出我们的忧惧。

笔尖并非难觉察风声的隐蔽暗示。
或者就势翻新颓废，或者依靠量子传输，
把身躯，扔到国境线另一边去。
更多的，一再自我嘲讽，一再降低
体温，在阴湿的草丛钻来钻去——

灰霾迫睫，最好的防御是对赌它
酝酿一个野蛮奇迹？其实呢，
大家都明白：尼禄埋在了这里，逸仙
和狐媚的蒲翁埋在这里；
海德格尔也埋在这里……

四月是最残忍的月份，物候葳蕤，
肿胀花根下，一代人埋下了自己的尸体。

“如有可能，我希望……”

如有可能，我希望自己与你
身边的小物件建立起私人性关系

——至暗时刻，这尤为重要，
我抚摸它们，手指冒生姜的气味。

更辛辣一些的，它们也喜欢。
清晨，我会用龙舌兰捏塑其鼻翼。

暴君当然不喜欢这种事发生，
惊诧，却是偶然的花事所希望的。

律法所理解的人与物的关系，
概括不了这些，它流淌到爱为止。

至于我和谄媚者之间的关系，
并不迸溅火花，只是一块鹅卵石：

直着与风扭斗的辩证法身体，
体温，比水银的刻度低半个等级。

“红色是潜伏的颜色……”

红色是潜伏的颜色，更可以掘地三尺。

为世界灌溉初春小麦，水喉
自地底抽吸出锈红，喷射，喷射……
赤冠羽蛇，你的视域之外，
比无形更隐蔽地凌空向土地喷射——

事实的陈述，常被天网的探头
认定为拟象或隐喻。我的一个朋友，
取个恐怖片里的名字：桃乐茜。
命运，让她热衷濒死经验的细致收集。

她有技艺参与神秘，定期邀请
强蛮直接从背后将其死死抵进墙面：
隐约橘红晶丝胸前瞬间弥散，
一次窒息，就可唤醒某一前世的经验。

由此，获得多世混合的清晰触感，
她相信多重的呼吸比单一的现实更具
阐释力。我，问过她诸多难题，
她的回答，常常比现实更让我满意——

此刻的红，她却无知。我们都是被侮辱者。

“对历史人物藏身诗篇的嗡嗡争吵……”

对历史人物藏身诗篇的嗡嗡争吵，
有必要，月凉水浇泼一番——
鼎纹。火苜鼓动舌头。一副披鬃嘴脸。

单纯者，急于夺下流水的五官；
热衷自我反讽的人，建造石凳与凉亭，
这在亮绿看来，却是隐蔽的傲慢。

菠菜根须和含铁质的茎块，流连
诗行间头韵鸣颤的风流洞穴。
历史的荣誉，从来不站在枯树这一边。

呼吸于迟来时代，我有幸可以
认识严寒、怎样削掉你洋葱的圆鼻头。
诗偏身过来，假装愿和语法交谈。

时光的火苗，够复杂方才够真实，
你手握碎裂音叉。暴君的刀片，
镂雕时间一个侧影，吮吸着诡秘腥甜。

我回到乡村做祭司的那一天

周瑟瑟

武穴

我走过一条隧道
村民自凿的山洞隧道
据说有30年了
他们每天从洞中走过
石头顶部有幽微的光
脚步踩在土路上
我怀着莫名的欢喜
层峰山的村子
禅农并重
众多寺庙掩藏山中
我吃了一碗稀粥
粥里的佛手山药
在沙质土壤中
生长了十年

花栗鼠

黑褐色的后背
在夜色里分外漂亮
我双手捧着橡果
颊囊鼓起
我快速进食时
看起来是一个大圆脸
闪电在云层里炸响
照亮了整座森林
暴雨就要来了

雕鸮有一双梦幻的眼睛
它在高处
注视着我的一举一动
它向我俯冲过来
速度救了我的命
我成功逃脱了
速度、距离和时机
必须分毫不差
天亮了
太阳透过树丛
一棵硕果累累的橡树
出现在我面前
亲爱的朋友
我真是一只
幸福的花栗鼠

招蛇术

我到湖南安化长乐村
拜李夏初老汉为师
学习招蛇术
师父从神龛里抓起一条蛇
把蛇头贴在耳边
交流片刻
获得了神蛇的允许
才能入山招蛇
白天有一条毒蛇咬伤了村民
正躺在家中奄奄一息
师父杀了一只公鸡
鸡血滴在符咒上
烧了符咒
带领我上山寻找那条毒蛇
师父扯下一根茅草
打一个结
再念咒语锁蛇
丛林幽深如入仙境
杂草齐腰
师父点燃三根香
在地上画个圈
念起咒语
香燃尽时来了一条蛇
师父抓起看了看就扔了
——不是它咬的
那条毒蛇还会来吗?
——会来的
果然又嗖嗖爬来一条蛇
师父抓起蛇头，正是它
从蛇牙上取出蛇毒
配以自制的蛇药
涂在伤口
几天之后
濒死之人就好了
师父真乃天下奇人
他的招蛇术
我基本学会了

我回到乡村做祭司的那一天

我回到乡村做祭司的那一天
夜幕降临，锣鼓声起
祭祀典礼开始了
我跟在老祭司身后
进入停放死者的堂屋
春天刚来不久
卧室内挂着发黄的蚊帐
一张木床空了
梁上还挂着
几条腊肉和几条小鲢鱼

在清贫的生活中死去的人
身体单薄，躺在棺材里
劝君共进一杯酒
西出阳关无故人
老祭司反复吟唱
故乡以哀音为美
轮到我吟唱
我喉头颤抖
劝死者起来
喝下这杯酒

人冻死前为什么脱掉衣服

诗人卧夫在怀柔山中
被发现时
据说衣服放在一边
叠得整整齐齐
为何被冻死的人
脱掉衣服后才被冻死?
到底是什么原因
导致他们死前脱掉衣服?
难道他们不知道这样会被冻死吗?
这一现象叫做“反常脱衣现象”
人被冻死前神经错乱
身体出现热的幻觉
已经感觉不到寒冷
反而会觉得身体很暖和
被冻死的人
安详地死去
不会露出痛苦的表情
甚至还带着微笑
安徒生童话《卖火柴的小女孩》
被冻死的小女孩面带微笑
看来童话都是真的
当你的身体打寒战
你一定要记住穿更多的衣服
更不要脱掉衣服

炼丹

我从药铺
抓回四味中药
龟甲、龙骨、石菖蒲、远志
我早早起床
把它们打磨成粉末
用文火慢慢熬到起泡
倒进蜂蜜
搅拌，搓丸
最难的是熬制蜂蜜
我站在锅旁
细心调整火候
四味药混在一起
太难吃了
尝过之后
我真的佩服古人
特别是爱吃此丹的读书人
我依据孙思邈的《备急千金要方》
还要在栗山炼丹三年五载
如果我成仙了
你们就来学我

致敬

平原上的坟墓
裸露在平原
没有山和树的掩护

它们直接站了出来
在不怕死的灵魂面前
火车呼啸后退
我站在车厢门口
向平原上的枯骨致敬

你到过斗米咀吗

我追着一个外地人问
你到过斗米咀吗?
那个人拎着一只公鸡
你的公鸡打鸣吗?
你的公鸡鸡冠那么红
——傍晚的柴火一样红
我好奇地问他
你为何不去斗米咀?
昨天县长去了
我们计划4月6号去
4月6号早晨
我们在宾馆大堂集合
坐车去斗米咀
如果你想与我们一起去
你就不要忘了带上那只
鸡冠火红的公鸡
我会用斗米咀的米
把它喂饱

水鬼

不要去水塘里洗澡
不要去摸水鬼
光滑的肌肤
他在水中
抱住了落水者
他的劲太大了
你越挣扎他越亢奋
水鬼把你紧紧抱住
你无法逃脱
水鬼的爱
它荷叶下的孤独
它长久的等待
不能白白等待
它黝黑的脸
已经惨白

山鬼

如果偏爱水鬼
山鬼会生气
同样是鬼
屈原独爱山鬼
郭沫若说山鬼
就是女神
我的女神
我回来了
你骑在赤豹背上
后面跟着花狸
我折枝鲜花
送给你聊表相思
我在栗山
幽深的竹林里
等待山鬼来相会
突然雷声滚滚
雨势溟溟
猿鸣啾啾
穿透夜幕沉沉

水鬼躲在荷叶下窃笑
大雨淋哭了
我心爱的山鬼
她骑着赤豹
躲开了我

悲观的人

来者谓肖兵爹
七十有五
他挽着裤腿
他给故乡将死的人
一个个排队
他说可以分梯
八十岁的人
七十岁的人
六十岁的人
一个梯队死了
另一个梯队上
黄牛屙稀屎
我人不行了
年前胸口肿了
估计要跳过
八十岁的人
他抽烟喝茶
与姐夫聊天
他的悲观
在生死之上

表哥的叙述

我坐在船顶
看江水翻滚
长沙的医生说
我母亲只能活两个月
一路上我心如刀绞
小时候在东湖渔场
吃猪粥结的锅巴
我的大肠要拉出来了
母亲抱着我去医院
我的头奋拉在她肩上
我被母亲救活过来
长大后我跟着爷爷
夜里学武打
学治风湿病
现在退休了
经常去岳阳常德
为他人治病
但一想起母亲
我就心如刀绞
并加倍孝顺继母

上山

这些年
我很少上山
梦里偶尔上山
但稀里糊涂
不知所终
这次为了去见一座
废弃的旧屋
我们上山了
山泉叮叮当当
从石缝里流下来
并不见一只鸟的影子
鸟叫声如细雨

他们爬到更高处
去抚摸老石头
我一个人坐在
一堆枯竹上
仔细看这座老屋
越看越觉得它就是
我家已经被推翻的屋子
如果不是从枯竹堆上滑落
我这尊肉身
今天就不下山了

割鱼舌的孩子

鳕鱼鲜美
最美的是它的舌头
孩子们欢天喜地
来到渔业公司
穿上黄色的衣服
戴着蓝色的手套
参加割鱼舌比赛
鳕鱼的头摆在面前
没有鱼身
鱼头张开大嘴
鱼的舌头在哪里?
我亲吻过鱼唇
我也吃过鱼头
但鱼舌对于我来说
却是陌生的
以我的经验
所有的舌头
都是柔软之物
挪威的孩子
比世界上其他孩子
一生中多了
割鱼舌的快乐

黄冈，或明月上的黄州

高春林

在黄州的赤壁石上谈论时间之谜

我想这巨石是他坐过的船，沉入了
时间。一个游历的人，先是在大地上游，
后来在时间里游。是怎样一个时间？
巨石仿佛在动。他还在喝酒，
身体里的雪花还在喝酒。以至于江水静寂，
以至于来去不过是一个梦。梦境。

假如，这不是偏远的一个寄托，
“坟墓在万里”[①]，雪，即渗入到骨头里。
我沿着石梯，一直向高处——
高处不是舞台，如果允许有一种心境的话，
高处是那仅有的或出漩涡的词。
是的，词醒着，时间就醒着。给人以目。

注：①苏轼《寒食雨二首》中有句：“君门深九重，坟墓在万里。”

夜读《寒食雨》

春江欲入户，雨势来不已。

——苏轼

歌者歌自苦。你依旧在唱，
天水和江流依旧在唱。
到了第九唱，就是东坡湖——
波涛静如远离了世间殴斗的兽。

漩涡依旧是词语的伤口。
不远处的列车依旧向下一站。
你依旧不顾风声紧，
依旧是一个真身。你是你的站点，

你依旧拒绝快。做不系之舟。
平息想象，在多病的一个世界，
你没有另外的世界。

你依旧独唱。你不指望最终有众唱。
流浪多数时候是自由的宽度，
但为什么取消你宽度。依旧坏天气，
挖野菜，避雨。事实上，
除了你的词，依旧没有防空洞。

一说到这样的多声部，我就喋喋不休，
说东道西，像个自言自语的痴人、狂人。

可写不出那样的“狂人日记”。我过于
寻常——寻常就是在异常的上空走钢丝。
苏轼说，山家“千房蜜”——山居，
相对于世界漩涡，是多么超尘而有幸的
颂词。我竖了竖衣领，想起江风还在，

渔火的现代性已转化为寒星，有人
写了愁坐诗，我独在南堂的旧句间发呆。

寻南堂，或流浪诗

客来梦觉知何处，
挂起西窗浪接天。
——苏轼《南堂五首》

南堂已然消失，如同身体里那个南山
已然消失——面对京城，被驱赶的冬天，
南堂，也即南山。面对漂泊都不能，
“梦觉知何处”，到底是哪一处给一个人
灵魂安歇处？面对寒流的一再袭击，

我站在江边乱石上，还是想到要自己建
一个乌托邦——安放悲怆、碎词，

伴随着已经到来的，以及尚未到来的
悖论话题。一些历史消失得不正常，
貌似一些现象到来得不正常。之间有过
多少路的祈祷？我们需要流寓中
突围的苏轼，我们也需要甜美的贝克特。

遗爱湖

我们在遗爱湖边，谈论最多的还是
一个孤旅人，“拣尽寒枝不肯栖”[①]的
秉性。这是否可以断定，一个人
避尘到了无尘可避时就是一种隐逸。
我把目光落在仅可眺望的岛上。
风景都和什么发生了关系？
荒凉的草寸代，建筑者的新思想，
患难人敏感的、物质的暗……
一切都在变。戏剧，现实的胚。
请把脚步放慢，湖岸曲折而具体，
为了框住上升的风景，为了
一个下午的眼睛，看得见的悲情。
沙滩，是不是那个沙洲冷已不再重要，
感到冷的是——“雨势来不已”[②]
几乎成为一个预言，入同期声的梦境。
我想说，一个人，
遗弃了他的爱，就注定酿出飘摇雨势。
到处是喝咖啡的人，长椅上爱着的人。
我从一个亭子边走过，这亭子写着：

遗爱亭。我迟疑地看了看，如此
深刻在匾额上，像是铭记一个时代的
故事，水明澈，倒映出不同的影子。

注：①苏轼词《卜算子·黄州定慧院寓居作》：“拣尽寒枝不肯栖，寂寞沙洲冷。”
②引自苏轼诗《寒食帖》。

黄州曲

此中有真意，欲辨已忘言。

——陶渊明

辨识那伸向四面八荒的绳索——辨识
也即挣脱。这时是赤壁，或岸边。
我有突围的冲动，但不如坐下来喝一杯
以消除魔鬼的笑声。我擦着镜片，
一种轻松感——轻松来自真的天高。
我将杯子向空中举了举，算是向月亮报到。
我突然的到来，像是一个幻影，
试着轻盈，试着给身体腾出阔大水域。
我孤单吗？不，我在和灵魂喝酒。
不是地偏，相对闹吵世界，甘于心远。
我望着江边浮动的白云，它幻化的
人或兽，仿佛真的，但一眨眼就消散了。
我的确是在和自然相逢，我身体里的
自然——在浩渺处，我就是一个城，
自然在以它神圣的词，度量我和我的影子。
我将不再与世界分歧、纠缠，
我重新开始的，哪怕是最初的耕作，
也是真实。我的确回到了简单——
简单也即明净。我必须在这样的水域，
筑建我的梦境，筑建大于时间的词；
我必须以我的眼界，和夜之神交谈。

雪堂记

茅草建筑，试着，抬高你低沉的
梦境——伴着黄冈的第一场雪。
伴着格子窗、荒凉、忍冬。
你清楚未来这时隐蔽在孤旅人的冬夜。
你清楚：活着，即雁飞。
一想到这些，酒就升腾在身体里。
这时嗓子里有狼，在突围。
一个人经历了惊天事件后，所有的事件
不过是浪花。该说些什么呢？
说即明亮，像雪一样大白于天下。
说即遗忘，那些梦中的着魔似的恶情景。
在你的声音里，貌似声音即存在——
有摁下的波涛，和波涛的复苏。
乱流还在，小石板路模仿着夜行人。
石梯模仿着你的眼界。
你自觉偏僻，但偏僻再无现实之暗。
你在一个冷风景里筑风景，
挑向天空的椽头，看见雪还在下。

处境

这收起舞蹈的江面，许是和不再澎湃的年龄
　有关，
我只想独坐一会儿，只想
和你干干净净地喝一杯，不关乎风月，
也不去谈“缥缈孤鸿影”[①]。
江流的处境，在于冲撞了处境之后有了另一
　个处境。
山在被风、被工厂、被变数摇动，
坦然其中“不以物伤性”[②]，你就是你的定性。
并不是谁都有一个好处境。
并不是说每一个处境都有一个岸。

我忍住张望——一棵树，
一棵在水边摇摇晃晃的树，有过什么处境？
一个不再存在的亭子，和一块黑礁石，
在过往时间里“自放山水之间”[3]，释放自个的
光明——除了寻找光明你还有什么好处境？
我张望着，直到天暗下来——
在漆黑的世界，心冷如这个冬天失去居所的京城。
水声夜涌。像锁江，像不甘于困而跃出的鱼。

注：①出自苏轼词《卜算子·黄州定慧院寓居作》。
②③均出自苏辙所作《黄州快哉亭记》。

貌似贬谪也发着光，成为静的词。
十二月储着雪——身体里的雪
印在杂志的封面上。给眼睛以表情。

现实的松针总是尖锐，如同诗歌，
以及诗里的“雨势”“坟墓”，和倒带。

列车快过了时间。我像是一个游荡者，
停在旧地图上，查看醒着的梦。
暗物质的世界，一个人，即是光的影像。

黄冈，或明月上的黄州

赤壁矶清楚一个人的境遇，词清楚
暗时间的连翘，如何散结身体里的不适。

黄州的现代性，使我找不到他的荒径。
耳廓陷入“老来荒”截句的萧瑟。
北方的一场雪紧跟着下到了南方帽檐上。

涛声并不远。漩涡什么时候都在撕扯，
苏轼的舟在颠簸中驶入我们的街巷。

时间再度被明月柔软，仿佛我忘了
我有一个真身，消瘦，低嗓门，
在记忆和遗忘之间，将睡着的语言唤醒。

滑翔在松林间的鸟，也曾在江面上，
现在它们厌倦了波涛。它们是静静的词。

黑陶罐

阿信

雪庄

偏僻的村庄，政策落地
穷人拥有了肥美的屋顶

河西

一株油葵，有时候
是一张仰向天空呐喊的脸。
一万亩油葵，注定是
面对巨大虚空的
集体噤声。

黑陶罐

你在团弄黑色黏土眼眸深处
一簇火苗燃烧
一只长颈黑陶罐在你身体中慢慢成形
我喂给你水喝同时也需要从你的民歌中汲取
从雪中汲取从暴雨中汲取从颤抖的叶茎和
含毒的唇舌间汲取
而你在团弄黑色黏土双手插入黑暗
试图从那里取出一只受难的黑陶罐

我从你眼眸深处的火焰中读出绝望和焦渴
我喂给你水喝用这古老又新鲜的
器皿

卸甲寺志补遗

埋下马蹄铁、豹皮囊和废灯盏。
埋下旌旗、鸟骨、甲胄和一场
提前到来的雪。
那个坐领月光、伤重不愈的人，
最后时刻，密令我们把鹰召回，
赶着畜群，摸黑蹚过桑多河。

那一年，经幡树立，寺院落成。
那一年，秋日盛大，内心成灰。

雨

雨从南海来，
岛屿首当其冲。

披头散发的椰树跑在所有植物前面，
晃荡的椰子果，丛林中野性的乳房
接受枝状闪电致命的舌吻。

雨的帷幕垂下。岩礁的肌肉绷紧
黝黑，闪光，战栗着
切入动荡不息的大海。

雨的声音盖过海的粗重喘息。

群鸦

群鸦乱舞。群鸦在空中
不会掉下来，即使冲它们大喊。
树枝上面是空的、灰白天空。
群鸦画出的线条，交叉、纠缠
清晰又凌乱，无法描摹。
树枝下面是粗硬树干，是北方
厚厚的积雪。群鸦
逆风盘旋，发出尖叫；又沿着
看不见的海浪的锋面
收缩翅膀，斜刺而下
像一群
踩滑水板冲浪的少年。
我一会儿兀自担心，一会儿
又在内心，暗暗替它们喝彩。

蒙古之约

蒙古这个词，我是喜欢的。
它的发音在唇舌之间。
它的寓意：永恒之火。
我喜欢在典籍中一次次遇见它。

想象骑一匹马，追逐水草。
梦见日出日落之间，那一片
因辽阔而略显荒凉、孤寂的高原。
我的两个兄弟：广子和赵卡
就生活在那里的蓝月之下。

我尚未动身前往。
我的马，趁着夜色
从帖睦尔的撒马尔罕返回。
我正等着它。

既像等待命运，又像等待
神秘的、来自金帐的信使。

动物通道

它们从藏身的岩穴出发，踩着草茎、碎石、
薄薄的月光，沿河谷走向库赛湖湖畔。
湖面的反光，路边轻微的风吹草动
都会让它们感到心惊。

“瞧，这一件！”几个沙龙里的贵妇
正在品评、谈论一条“指环披肩”。[①]
“My god!”她们当中的一位
手抚胸脯，发出兴奋的尖叫。

一种残忍的时尚，在欧洲蔓延。
一种血腥的美，在上帝身边诞生。

直至现在，它们还不知道上帝的存在，
只知道湖水距它们越来越远了。
这支胆怯的小分队，拥有比食肉动物更快的速度，
但悲剧就在这里：跑得最快的，最先接近死亡。

在这个标榜现代文明的星球上，真的存在
一条属于它们的安全通道：藏羚羊?

注：①“指环披肩”是一种用藏羚羊绒制成的美丽华贵的披肩。一条长1~2米、宽1~1.5米的披肩可以轻易地从一枚戒指中穿过，所以又叫“指环披肩”。制作一条“指环披肩”需猎杀三只成年藏羚羊，这就是藏羚羊被猎杀而又屡禁不止的原因之一。

烤紫薯的味道

烤紫薯的味道，在下桥后
通往篱笆小院的土路上，刚好闻见。

雪中那人，
明显加紧了脚步。

柴门紧闭，烤紫薯的味道
还是溢出来。

风愈紧，雪愈急，
那味道，飘出愈远，愈温暖、香醇。

雪中那人，紧裹衣服
侧身，低头，走得愈疾。

大片大片
苍茫风景，抛在身后。

落日断句

落日是相对的。
由落日引发的那一声“啊”
是绝对的。

落日：不断复制的景观。
但那些看见过落日的人
却是一次性的。

落日辉煌。因为
大海燃烧，原上草
集体自焚。

落日有何悲壮？
真正悲壮的，是
落日下的山河。

婺源：源头古村

——给张维

在源头古村，我愿意成为
一个盲者。只要我的耳廓
盛满翠鸟的鸣叫、竹叶上滴落的雨水、溪流
淙淙流过香樟树古老的根茎……
一只白鹅，在巷道深处
反复咏唱“鹅、鹅、鹅”

在源头古村，我愿意成为
一个聋子。只要我的眼瞳深处
藏着一座春山、一座单孔的
青石小桥、夕阳烟树、粉墙黛瓦
道旁的积福亭里，歇着两位阿婆
身后竹编的背篼
装满嫩笋、菌菇、野韭……

在源头古村，我愿意成为
那个轮椅上缄默的诗人。放弃言辞
循着那条通向山外的古道逆行回家
我确实愿意交出自己的舌头
和前半生走过的山水
在余晖中，把轮椅推出巷口
静听源头水声，直至暮霭四起

南京：鸡鸣寺

原本是鸡鸣一声
江南四百八十寺便次第亮了。

此刻，来自玄武湖的粼粼夕光
照见塔下数轴黄卷、几缕青烟、明灭烛
火……

晚课中背身而立肩胛瘦削的灰衣女尼，山墙下
清扫落叶的哑巴师太，俗家姓黄，还是姓胡？

无意索求答案。渐至
意兴萧索。终于莫名灰心。

直到好友胡弦，从山下打来电话
说是河蟹正肥，酒水已经上桌。

我还没有在诗中写过一条真正的河流

谙熟河流，不一定将它
纳入一首诗，赋予某种形式。
我在不同时期遇见过不同的河流。
似乎了解越多，就越怯于
谈及它们。也许在某个
私人场合，我们可以聊聊
一条真正的河，它的上游和下游，
它的两岸，它的那些
来历不明的支流、港汊、漂浮物，以及
发生在它身上的事情：
一些光斑、词语、离别，
一些生死、姓氏，
一些无法入典、暗黑、秘密的水上生活。
更多的时候，我愿意坐在河边
石头一样沉默。

中年帖

程维

无尘记

撒一泡尿钓鱼，秋风吹歪了赣江
西山哭庙，仙人答应会向上面转告，天日昭昭
我在哭，你在笑，菩萨，请使罪孽伏诛
行恶者将被秋叶斩首。我收起一把老泪
人生不能悲沉，我不能在轿子上走到过年
越到后来，大人物面目越加模糊
明年开始只剩一张纸鸢，飞起一片叶子
她用蕾丝遮羞，奢华之耻，蒙住裙裾下的梯级
你要一步步以鞋尖探路，蛇咬一口，也不吭气
摘下的桃子在供桌上腐烂，秋夜哀哭
而不起诉，一宿经书可以通到绳经塔
千佛寺住持于月光上扫雪，街道遗留一堆
垃圾，保洁员下岗了，地上又捡到几枚镍币
小仙急着要上厕所，神要跑路，警察逮住空气
拷问出一截绳索，那么多大腿绊住马路
生意上的事，别去法庭解释，我面对赣江
画了一张潇湘图，南唐为何迁都南昌
东湖说不清楚，鱼留下的踪迹
足以追溯澄心堂来历，西山寺老僧
念一声阿弥陀佛，背逝川而远遁，雪路无尘
几根皱纹，早已无暇思索什么了

发呆记

我们何其渺小，就算是个伟人
也是宇宙的细菌。还有什么可以夸耀
还有什么可以不朽，百代过后
到哪里去找皮毛，即使打造金子的桂冠
也必然会让时间收走，留下一手头屑
就算坐在金字塔顶，也会被风吹掉半边
还不如小鸟，从这根枝杈，飞到那根枝杈
没事就快乐地叫几声，太阳消失就飞走
小小翅膀，也是一把剪刀，既剪掉黑锈
也将白昼磨得雪亮，我乐意每天面对阳光傻笑
即便它是一柄大砍刀，我的牙齿
也会让它崩掉一角，那些牛奶喂大的孩子
骨头里有更多的铁质，膝盖要长完好
一个个都很牛，可以抗震，百毒不侵
即使跟伟人不挨着，也是铁掌上的一只铁馒头
让丫咬着费劲，轻易不会扳倒
世界何其之大，宇宙洪荒，浩荡浊流
我只想多站一会儿，看着天空发呆
那么多星点在闪动，一颗流星，又栽了

降妖记

别坐先锋的火箭飞天了，再飞，也就几页破纸
小仙们只在蚊帐上乱扑腾，费大劲
啥也穿不透，撞墙上，鼻青脸肿的，色相没了
别让老君着急上火，五花剑不是吃素的
把速度降慢些，骑电动车兜风，大伙都舒服
那些烂货让锦缎蒙着也没用，掖不住的坏
又好到哪去？我想逛巴黎，偏在沙井练脚力
你笑掉门牙还是出不了江西，天空没人拦着谁
大地也圈不住，你还在棋盘上拱卒
斧头烂掉了好几把，日头仍在山顶悬着
上仙的功夫真不怎么样，唬不住新建县乡民
还险些被老虎吃掉，若非闪得快
捕快就把尔办了。你又打赤膊又秃顶
还穿皂鞋，死活不入空门，专拣打对折的好处
把气球吹上天充太阳，滕王阁一片红火
游客纷纷赶集，票价砍不下来，又要建旅社
假装是胡人，江上走马，被许真君逮个正着
绑赴西山过堂，打入井底成蛤蟆，腮帮子忒大
瞎鼓劲。你再先锋，扔井下埋了，看怎么通天

孬货

双十一打折，谁不想捡点便宜
去年买的风衣，就让秋风吹破一个窟窿
垃圾货还是垃圾，自命垃圾也不是品牌
只承认烂极了，没得治，急救车也瞎忙活
110解决不了烂的问题，唯一的方法
烂彻底了，就是结束，老夫说的是诤言
可能有些苦口，都是好意，现在人都懂的
牙疼怎么办，贴狗皮膏药不管用，疼干净了
又是完人，吃的啃的也别皆不放过
留一些，慢慢来，好东西，细细消受着
一介老匹夫，于世无害，消费不了公款
想开百十家连锁店，就为推销一把锁，没人能
打开，整个秋天都上火，谁也扑不灭
消防队也不管了，沙井街办见你就下班

还是麻将馆乐意接纳赌鬼，退休金全泡在牌桌上
拽也拽不出来，手气又潮，火气消得彻底
腰包就瘪得很快，医保是不便用的
到旧金山探亲一趟回来，美金救不了近赌
厕所洗手，也改不了再输的牌运
下基层踩点，香港脚上了身，明明在刘家村混
偏偏被视作外人，戴墨镜四下一看，就是鬼片

中年帖

别惦着老夫如何度中年，写孬诗，画坏画，
书破字，会心独笑，得一至乐，无怪六千钱
酒莫乱吃，诗忌轻写，画不随赠
什么乱七八糟，鱼目混珠，往往把老夫坑了
想跳出也迟，凡此下不为例，我不得罪你
你却把俺得罪了，以后各安天命，好自为之
我也有羞耻，混啥也不好混泥淖
江湖尽浊，道义已亡，一把重剑，砍成了菜刀
大侠以厨业谋生，拿手功夫是杀鸡取卵
讨庄主欢喜，又让七品带刀侍卫鸡奸
诗写在卫生纸上，跟两颗门牙包着一块
快递至汴京，生辰纲皆丑石，有一方尤甚
得之非易，乃九龙湖镇妖之物，你轻快拿去
我净土乱了，房价悬而未决，士皆房奴
还骑单车绕湖，晨钟暮鼓，分享融资破产成果
带回一筐土鸡蛋，喝药水减肥，注射胰岛素
把吉水跟修水混为一条河，黄山谷哭了
杨万里从宋史里撤诗，你却钓大鱼，得利是
如彼中年，若舍生忘死，就到处是坑
好歹也该蹚过去，好歹也得一天快活到晚
少年惜身，中岁惜命，晚境惜名
小子若是无知，毁老子半世之誉，其罪不浅
吾还是饶尔再三，算造一点浮屠也欤

立冬记

雨越下越像了，从开始的哑巴，到炒豆似的
倒米一般不停的，再到布为一张大网
什么都在里头，什么都闷着，不说话，走
雨越下越像雨了，从街上到小区的门口
眨眼工夫，都在变着，只有地铁不在乎它
我还是改变了下一个念头，菜鸟驿站的包裹中
仍是晴天，武汉昨日一小块阳光，快递至沙井
像朋友送的伞，我肩头的深秋还没有淋湿
金融大街已缩进大楼，人行道的地砖拆一半
留一半铺入病房，过桥抽板，等主治大夫问诊
泥瓦工撤回食堂用餐，秋雨煮面，一蒸笼花卷
把空腹武装到牙齿，一个饱嗝打上天
雨声就吓小了，高跟鞋涉水，大奶逾胸而过
她没有带伞，匆忙回头的一眼，望穿秋水
就到了丁酉年冬天，沙井球场上
独角兽驾云腾雾，一辆洒水车
在环卫局注册后肇事逃逸，交警去向不明
下段好天气，少雨，多晴，早晚稍冷，宜出行

饮酒帖

还论什么英雄，桌上都是鱼虾，残兵败将
嘣脆一粒的花生米，正好下老酒
对面的板凳，啥也不说，打死也是木头
冲动之年过去了，白旗在头上招摇

血路支撑着几架独木桥，医生说再喝下去
还得架桥，面对日衰的颓身，又当如何
还是握着酒瓶不肯放下，大刀杆子一米八
剁翻过铁人，也腰斩过白马，眼见它断了
一半落在血里，一半掉在月下
独你这人儿过桥入城，又撇掉了蟒袍马褂
拎一盏红灯笼上西楼高挂，照亮这清夜
原来是纸人纸马，风一吹，就飘上飘下
梦里冰河，冻住了火车，燃烧的轮子
抛下漫长车身，自个跑了，一群狗在后面追着
黑灯瞎火的，我点不着雪茄，雾真大
走到哪儿都得撞回来，沟里是昨夜的呕吐物
还有啥好说的，阵势还未摆开，就已杯盘狼藉
没英雄可论，是今天的大寂寞
来，倒酒，别让碗空着，八十度的月光
一点就烧起来了，跟影子也一样喝

水墨记

十几个小时画下来，还是张废品
这事经常发生，不怨谁，一生报废，也认
薄宣之痕，越走越找不到来时的小径
雪埋得很深，它不断藏起一些秘趣，让你寻找
有时就要发现了，竟是伪证，我如此唐突
从没把妙术放入宝囊，一直在水墨中探路
与古人不期而遇，又到梅岭爬山，草木纵横
几个宣纸上的苦行僧，饥餐白云，渴饮石泉
迷路了，就待在路边打瞌困，一团墨兽
吃画僧垫肚皮，吐出来一个山人，还是疯子
画一担垃圾逛夜市，吃苦楝子下酒
王府的亲戚有病，到南墙画一扇门就去投医
孔雀头顶花翎，都做了知府侍妾
潇湘图里的网鱼汉，本是太子出身，山中刺虎
一管毛笔指错了方向，罗汉打坐，无喜无嗔
草蛇灰线，门可罗雀的生意，只付一纸空钱
你半副行头，也就是装蒜，越不像啥还越来劲
问祖开山已是主打，误撞出一条狭路
闯过来三五成群的狂徒，摇身就成画仙

打擂记

吹得天花乱坠，算个鸟，不如真枪实弹
把大嘴巴子捆在腰带上干
木头刀剑的把式，在戏台溜一圈，禁不住
一通扫堂腿，啃啃泥可不是吃大餐
练了多少年的手段，上阵实战就打断了筋
三百弟子在州府还怎么混，狗皮膏药推销犯难
融资都跑光了，就没法大干，厕所改厨房工程
只能滞后，伤病员一大堆，挂彩的
上光荣榜也无济于事，你就是亲笔写表扬信
也没人承认那是祖师真迹，沙井这么大
可以容纳数万人，不是摆场子能搞定的
何况花拳绣腿，都是戏校培训的
还来充高手，不打肿腮帮子就算我佛慈悲你了
武林乱，那是始于今日擂台，把汝捶趴下了
你又站到别处称好汉，我的慰问也多余
你如此经打，身子骨生得贱，就是挨揍的坯子
让你念诗，还真个耽误了前程，量体裁衣
歪打正着才没辱没你一身贱骨头

一个在水电站读诗的女人

李岩

亚斌的经历

上师专那会儿
回到村里
一搭里耍大的伙伴
在菊花坡前村后洼
停满了路虎、宝马、奥迪

亚斌在神木县电视台上班
十年后，买了辆10来万的车
也能跑，接送
回内蒙古娘家的婆姨、儿子一路上
欣赏鄂尔多斯原野黄昏的落霞

从光堂的县城
再回到村里
当初牛哄哄的豪车
不是抵债
就是伙伴们东奔西颠
全跑了路

初来10楼印象记

一年过后
白老师说
刚来时你像从戒烟所放出来的
杜老师说
刚来时像得过小儿麻痹

一看就受过震
李老师说
刚来时不会笑
现在会笑了
刘俏说皮笑肉不笑
尹小梅说脸上没表情
不知你是干啥的

记忆场景

院子里
那么静
麻雀停在颤巍巍的晾衣铁丝上
转瞬又落在
花坛菱形的水泥围栏
一个两岁男娃娃伸出毛手手
叫“鸟鸟”
三棵白丁香在前后院怒放
香气逼人
有谁在亭子前石级上
一边吃饭一边在小本子上胡写
——但圆珠笔没油了！
二楼拐角的恶棍才三十几岁
双簧管幽咽的曲子在叶丛间
呜呜锯着
只锯断了一个失眠者的午睡
和停在楼梯阴凉里
加重自行车
轮圈上一根钢丝
那个小男孩坐在石头上的光屁股有点烫

晨曲欢歌

一个女人
在早上一边拖地
一边情不自禁哼唱着
没人听懂她唱什么
她自己也不知道她唱什么
没有曲调
没有歌词
她就那么哼唱着

午睡时梦见伸手不见五指开车

开辆敞篷车
不是跑车
没那么炫
前头紧塞一辆车
后头紧跟一辆车
好像越野
回头看见司机戴棒球帽
眼神死盯我
开灯灯不亮
打开右转只亮了一个小灯泡
但我还是右转了
大白天伸手不见五指
左边停着车
右巷道里停辆架子车
车上撂件黑棉袄
没有赶车人
我正准备鸣笛

一个在水电站读诗的女人

你只瞄着
不扣扳机
你只对心脏瞄着
让人心慌
让人发毛
让人筛糠
让人尿裤子

你只瞄着
不扣扳机
你只冷眼瞄着

等待被你击毙的人
陷入绝望
等待被你击毙的人
眼睁睁看着自己
心死

人命钱

婆婆从柜子里
拿出一个手绢包
郑重交给儿媳

里面全是块块毛毛
一个钢镚儿
跌在地上
欢跳了几下

叫她给单位缴二胎罚款
说缴那
人命钱

盛大的虫鸣

第广龙

那一个秋夜

地上，盛大的虫鸣
头顶，盛大的星空

秋天可以颠倒
秋夜可以交换

虫鸣发散，万道光
星空沸腾，万种声响

那一晚，我走在路上
我是一件响器，我是一个反光板

鲸鱼升空

刚露出水面
长长的喷吐
像是火车开出了隧道
那向上攀援的烟缕

如果把身子
抬得再高一些
就能看见车窗
看见在深海搭乘的
长相古怪的鱼类
因为突然见光
惊吓成了一副副骨架

那就变得更加轻盈吧
这一口气还能再长一些
再长一些
已经把一个池塘
最起码也是一个喷泉
托举到了高处

能进入海洋
就能上天
似乎受到鼓舞
自身的浮力
在继续增强
直到整个身体离开海面
也不停止

一个鲸鱼造型的热气球
悬浮在高空
肚子里充满了
来自于海水的火焰

都喜欢和以往比

心里是啥
那么满

心里有啥
那么空

麻筋

不小心碰到麻筋上了
那个麻呀，不是花椒的麻
也不是芝麻的麻，更不是
大麻的麻，就是麻
吃不出来，打不出来，吓不出来
恰巧碰上了，就麻了
麻，麻到家了，麻死了
对了，麻痹大意了

疤痕

一个年轻的女疯子
在地上爬，吃土
朝天上吐口水

她开始脱衣服了
她脱下了外衣
又脱下了内衣
她的身子那么白

我看到了一对丰满的乳房
看到了她胳膊上种牛痘留下的
榆钱大小的疤痕
和我的很像

发生

担心发生，还是发生了
有多种原因，具体是哪一种
显得不确切，也许
每一种，都起了一些作用
不过，一定有一个是决定性的
是能够分辨的
可是，缺少了哪一项

都不会发生，起码
不是这样的发生
既然不可避免，又如此难得
且让我迎向
这汹涌的大潮

伴唱

演唱会开始了
在舞台内侧
三个伴唱的歌手
伴唱时，身子随着节拍
鱼一样，在原地左摆，右摆
像是翻动烧烤
我注意到，虽然光线暗
伴唱的，比主唱好看

家乡的蓝

在家乡，星空的蓝
可以深翻，把浅蓝翻下去
把深蓝翻出来
一些被埋住的星星，也露出来了

凌晨，稀疏的街上
隔一段路，都有明火
那是早起的环卫工人
在焚烧一堆堆落叶
烟缕上升，散开
头顶的蓝，还是那么纯净

我急着赶路，踢起缕缕脏土
也影响不到天空的高远
也不会给这不见底的蓝
添加进去一丝杂质

没有什么工业的家乡
没有开发区的家乡
火车只是过路车的家乡
天刚黑，行人就少了
夜晚，连夜市也冷清
在天地一角，顶着被遗忘了的蓝

南山，父母的坟头上
是不再忧伤的蓝
这么多年过去了
父母在泥土里，土豆一样温暖

新兴村纪事

非亚

月亮

月亮总是温和并且微笑地看着我
月亮总是散发一种母性光辉
在新兴村，月亮总是
从东边升起，静静地悬挂在我阳台的外面
当我站在地板，扶着栏杆注视
它朦胧而永恒的光亮
一直从天空，照耀到了我的眉毛，头发
和弯曲的手臂

傍晚的一次散步

他拎着一袋菜市场买回的东西
走上一截台阶

她跟在一个女人后面
肩膀扛着一根竹竿

他穿着一件橘红色的马甲
摸另一个橘红女马甲的手腕

她站在路口那里张望
另一个女人也一起张望

她从马路横穿过来，在栏杆边

看另一个女人用树枝
燃起大火

他撩着肚皮，在人行道
露出困倦和疲惫

他骑着电动车，快速穿过一段向上的斜坡

他在房屋面前摆弄她的铝合金
她则在空地搬那些铁枝

他拉着一条狗
绕过一棵树和一堆草

他穿着一条短裤
蓝色运动上衣
路过一个有大幅壁画的红色幼儿园

在新的小区，母亲迷路

前后两次，摁错楼层
下到地下室
不懂得用钥匙牌去刷门禁系统，之后走错门口
上到另一单元的六楼
发现不对
离开
不懂得打开反锁的门，求助于邻居
担心迷路
不敢去花园散步，像一只
受惊的鸟
害怕被锁在电梯里
今天，面对健忘的母亲
我带着她
在小区的花园走上一回
出门时我指着入口
告诉她
这就是我们所在的南湖泛舟，D栋
一单元

我遇到的一个美人

有一天晚上我看到阳台的地板极其明亮
拉开门
看到空中，悬挂着一枚月亮

我搬了张椅子，坐在阳台上
面向夜空
有时闭上眼，有时又静静地
注视这个女王

那一刻我光着上身，没有任何东西可以给她
也没有突然地
被她激发出一首诗
更没有大声地向她打招呼
嘿，你好
美人

我家附近的那片树林

我路过那片树林
树木茂盛，落叶遍地
没有一个人
我站在外面，想试着走进去
但我最后，还是迟疑地
放弃了

在树林外面
一座过江大桥穿过邕江
江滨路上的两座医院，一座农贸市场
在冬日的上午
静静伫立

不可能再有一头豹
一只兔子和野猪
出没于这片树林，最多只是从别处飞来的鸟儿
跳跃在树梢，今天我路过这里
迟疑，犹豫
没有成为一名闯入者

但明天，我也许会一个人走进去
踢着脚下的树叶
徘徊在里面的一块空地
树林从四周升起
隔绝掉城市
只有在这种相对孤独的时刻，我才会又一次
听到
来自身体内部的
那种心跳

新兴村夜晚的风

吹拂三角梅，吹拂枯萎的太阳花，吹拂裸露的肉体
吹拂面前的一本诗集，那个诗人
很多诗写得太好了
吹拂桌面上的吊兰，吹拂下垂的芦苇帘，吹拂一根绳子
很多根绳子
吹拂悬挂在晾衣竿上的衣物，衣架上的毛巾
吹拂一切
有些会晃动，有些基本不会
而我感觉到了，我谦卑的肉体在今天
感觉到了
那种轻柔、持续、自由的吹拂，从青秀山
从更为广大的夜空，一次又一次
拥抱着我

夜晚的光临者

在一条街上
有两个人走着

相互拉着手
肩并着肩

有时沉默
有时低声交谈

有时踢到一颗石子
有时绕过低矮的
篱笆和灌木丛

我看着他们
在路灯和墙壁下
走上一段斜坡

手拿一束玫瑰
背着一个挎包

而我并不是一条狗
跟在他们身后

我只是树梢上的月亮
夜晚的光临者

赞美地面
那极其微小的摩擦声

我知道现在

傍晚的天空有一种云彩
在燃烧
在我车窗外面
树木也开始静静冒烟
而我开着车，在电台音乐中
穿过南湖隧道
又穿过一座立交桥
是什么连接着现在与过去
一条快速环道永远有汽车在奔驰
江滨公园外面的那条河
在静静地奔流
当我驱车
返回自己下榻的小区
相比起晨光逐渐明亮的早晨
我知道现在
对于某些人来说
正是走向黑暗、死亡、沉默
与悲伤的时分

太平洋也不过一洼之水

独化

雨夜

花朵停止飞翔；
鸟儿拒绝开放。
一个叫独化的人，
在肆意飞翔之后于瞬间开放了。

2003年8月5日晨

空旷。操场。
跑动的是我的女儿。
静坐的是那个叫独化的人。
风景依次是：小黄花。槐花。喇叭花。狗尾
草。斑斓的蝴蝶。

静夜思

以褫夺的方式，天地之间，
再次惟有这秋，这夜和那雨。
而且更多的繁华正在从枝头零星地落下。
除了与世沉浮我好像别无选择。

半个月亮

半个月亮爬上来的时候
正是万家灯火的时候
万家灯火的时候，正是
半个月亮独存孤迥的时候

无题

天气这样冷，
你寄人篱下。
铅泪，之外
我什么也没有

雪朝

雪落北京上海与否，我尚不知
雪落到了平凉
雪落庄浪静宁与否，我尚不知
雪落到了崆峒
雪落到了你的心上与否，我尚不知
雪落到了我的心上

太平洋也不过一洼之水

我是现实中的玄奘
你是传说中的观音
我是中国
你是美国
我们是一本书
我是封面
你是封底
但是啊现实却是，我们
分房而睡
分餐而食
即使如此
我也坚信
菩萨在山上
玄奘在路上
太平洋也不过一洼之水

悼

麦子将黄未黄，杏子将熟未熟
在庆阳生活五十年的姑母去了
素车白马，唢呐声声，哭声哀哀
我之哀伤犹如场院外此起彼伏的麦浪
信步所至，墙里墙外，几全部为姑母手植之
核桃树，苹果树，杏树，李树，桃树……
枝繁叶茂，果实累累，而姑母却撒手人寰
甚至，猪圈里，羊圈里，猪羊满圈
而且，田埂上紫花苜蓿金针黄花触目皆是
而我可亲可敬的姑母大人却撒手人寰
从齐腰深的麦子地边走过，
黄昏，漫步安静、美丽的董志塬
下半夜，一弯月亮正大，庄严
我的哀伤犹如塬上冷冷的风
不起于草尖，也并不止于林梢

水在大地上写作

胡澄

水在我体内的变奏

水想灌溉精子和卵子
水的这个愿望改变了世界
诞生了我
水在我体内兴修水利
建微型水库
将我建成独特的
无法复制的灌溉系统
水无论造谁
都是独特的艺术品

水也在我体内嬉戏
将我当成了儿童游乐场
水寻找我体内的高山
它想：没有什么是水不能征服的
但水并不知道我的生命里，是否
有未曾灌溉的沙漠
水只是路过我

水喜欢马拉松也喜欢短跑
它不仅进行着长达一生的慢跑
也制造百米冲刺、壶口瀑布，以及
一个又一个我无法自控的漩涡
它浇灌我，又想淹死我
它还喜欢在虚拟的燃烧里练习沸腾
谱写它在一个个体里所能成就的隐蔽历史

最后，水累了
要离开我

穿过我就像穿过一个世界
它一路流淌，一路忏悔
将翻腾起来的岁月的泡沫和泥沙放下
祈求平静归海
将我的身体当作一块滤布
呵！这暗合了我的愿望
然而，由于痴愚无知
我不得不担心自己是个污染源

坐在四轮木板上的人

坐在装有四个轮子的木板上
在人群中移动
她看到的是腿的疯狂奔跑的丛林和
扭动的屁股
人们纷纷避开她
心急者踩过她，喷下一口吐沫
多少次，我想将她抱起来
举在头顶
不为别的，只想让她看看人头攒动
但当我真正走近她时
我发现自己不由自主地加快了脚步
逃离她
直到有一天，我梦见自己坐在地上
两只脚都烂了
我想，下次遇见她
我该有力量举起她了
然而
我突然觉得：她或许
会给我安逸的生活惹上麻烦

日子

一生中总有几个不平常的日子
其中一些，你想把它高高挂起
在一群平常的日子中间
它们那么耀眼。也有一些
你恨不得把它除掉，就像肠腔里的
肿块。除掉它，以使肠腔顺畅

三观不同者，也混在我的队伍里
她构成了我的曲折、我的弯路
以及我日子的风景线

已经过去的都是我的日子
一生将尽，这些日子
我既不能全然还给尘世
也不能卷起来带走
它们的信息
镶嵌在我灵魂的磁片里

火焰

父亲是父亲的父亲点进
祖母宫腔的火
这朵细小的火焰在人世燃烧了八十三年
现在，被风吹熄了
白床单冰川般盖着他冰冷的身体
两旁点着蜡烛，我们彻夜守护着
我们觉得冰冷的父亲一定怕黑
几乎忘记了我们才是父亲亲自点燃的火焰

世界是一场火焰的接力
这场比赛无始无终
但我们必须接受退场

平静地。这是规则

知音

鸟鸣葡萄串般
带着光斑
似乎在赞美什么
又好像抑制不住内心的喜悦
歌声自然地漫溢出来
我不由得抬头
在叶隙间寻找它们的身影
由于叶子茂密
没找到。低头看见一只喜鹊
在草丛中
没有了内脏和胸肌
只留下湿浊的羽毛以及头颅

向往着它们的天空
同时将它们所有的鸣唱都听成欢叫
还以为有了翅膀死神就追不上它们
——我，一个住在摩天大楼里的妇人
以为自己喜欢它们就是它们的知音

黑孩子

入世不像入关有人把守
这些孩子莫名地来到人世
忘记了预先在人世注册
成为没有户口、没有学籍的黑孩子
他们长得跟天使一样
也像祖国春天里的花朵
但他们没有春天和幸福的护照
即使水利工程早已建成，陆续建成
也断没有水将他们浇灌
尽管人类全是阳光所生
阳光是我们共同的父母
可他们看上去更像是黑暗的分泌物
寒冷的繁殖体。在郊区的垃圾堆旁
你能看到他们

葬礼

人类改掉了喝人血的习惯
这多么好啊
人类改掉了食人肉的习惯
我为人类的第一个葬礼欢呼
将人体完整地还给泥土
人类的文明或许从这里开始
现在，我们正在举行一只猫的葬礼
将临终的它放在坛前，焚香
让它听经，让它知道：
“死多么庄严”
“死即是下一生的机会”
将死后的它放在盒子里，下土
在土里种上土豆、麦子、玫瑰

多么好啊！生命循环往复
让我们暂时忘记世界的核武器

河流的命运

一条河流生养了多少生灵
改变了多少苍生的命运
它不知道。它不屑于去统计，去回想

一条河流也掌管不了自己的命
河岸灌木丛悬挂的塑料白幡
天天举行着流逝的葬礼
它既服从于自然，也服从人力的安排
甘于曲折、拐弯
人们让它改道，它就改道
它甚至无法洗净自己
无法保持其清澈的本性
人们让它变黑，它不得不黑
但它有不屈的方向感和自净本能
谁也动摇不了它向下、向低处的决心
仿佛低处有它待哺的婴儿、窠巢里张口的雏鸟
昼夜不息，它顾自荡漾
将人们强加给它的尘渣送回泥土
穿过夜的漆黑隧道，放下一路的辛酸
在黎明的入口处泪光闪闪，泛着母性的光辉

像一根鸿毛飘过人世

蒋雪峰

像一根鸿毛飘过人世

我要收回对春天的爱
只折一枝梅　我要收回
对你们的爱　只爱你
我将从伟大的路上返回
去给蚂蚁拉架

我不能把山水当使唤丫头
也不能抢上帝的饭碗
我打着小算盘
偶尔抬头望天

看见自己
像一根鸿毛飘过人世

雪或立春

雪铺在山上
雪还在落
天庭的仙鹤在拔光羽毛
温暖着能够温暖的

雪停了
踏雪的人也走了
明月出来
仿佛搬空的宫殿
在等万物升天

被月光灌顶的僧人
摘了梅花　他要去过年

雪抹去了所有的脚印
抹去了白纸上的黑字
它在等立春的第一缕阳光
把它抹去

我和你　都是雪粒
在拥抱中相互取暖
融化得无声无息

灯笼

像一颗颗掏空的心脏
挂在树上
树叶鸟儿一样
都飞进了泥土

光秃秃的树
只剩一副骨架
挂着一颗颗
被掏空的心

它们
在人流投下倒影

一场干净的雪

好多人没有等到
他们走了
好多人从来没有
见过一场干净的雪
心里也没有
云在山顶晒太阳
顺便晒一下他们
晒不化他们的黑
像一粒粒黑雪
他们提前覆盖了白天
不留下一丝缝隙
让一场又一场干净的雪
只降落在云上

如此浩瀚的星球

如此浩瀚的星球
如此无边的世界
如此庞大的帝国
如此人口众多的省份
如此建置历史归于西汉的城市
如此熟悉得如同左手熟悉右手的生活
坐吃等死日复一日

因为有你
这一切加在一起
都比你小

这是你的大雪　你的冬天

雪把我们的过去压断了
你还在下　雪把进山的路封死了
你还在下

这是你的大雪　你的冬天

说好了一起晒太阳　抱着取暖

说好了雪霁后在雪地散步
只是两个人
只有两行脚印

说好了挖出雪被下的睡莲
让它在我们新房
接着睡

而你的大雪
一场接一场
眼看就要把我活埋了
连同那些饱满或秕谷般的阳光
你忘了停下来
问我冷不冷
还能走不
骨头漏风不
你只是下雪　不停地下

这是你的大雪　你的冬天

今天大雪
今天是你的日子
喜欢下雪你就下吧
我已走过千山万水
已经暖和过来
已经独自白头

我要把你送出去

趁太阳还没有出来
我要把你送出去
送到见不到人的地方
我才放心

这个世界的白
都堆在你身上
和你脸上了
你的身子连我也不敢碰
碰了就不是我了
你的脸既不能吹
也不能弹　如果破了
就会让春天的六个宫殿
要好多有好多的粉黛
都失去颜色

你也不能见光
你这么娇嫩的人儿
阳光月光都不能

你只能见我
我长得伸手不见五指
陪你走到哪
你就白到哪

我已用最接近你肌肉
和肤色的冰雪
给你修好了一座房子
足以安顿好你
全部的美色
包括压在箱底的
那一部分
也足以安顿好我的余生
如果你同意
我还想把我的上半生
也喊回来

那座房子在北极
还是南极
我有些记不清了
趁太阳还没有出来

我要把你送出去
黑着脸也要

瓷瓶

整个清晨都退后
连月亮也出来了
你像度母
安静地笑
好像对一个人
又是对所有人
那个清晨
我第一次看见你
就听见苦海消失的声音
从心里传出
好像前面的日子
都叫忍受
终于到头了

不能两手空空
我有唯一的供奉

我捧着瓷瓶
上面有云影
净水都在瓶里
那是我半生的苦累
被你的微笑澄清
我小心翼翼
把余生插进去
祈愿你还能让它们
散枝开叶结果
有蜜一样的香

你说　你过来
我给你水喝
现在我都记得
是对我说的
对我一个人说
这有多好
一去就不回头了
那时候
风把身后的路
也刮断了
我什么话也没说
身心变成了壁炉
暖烘烘的

你眼睛后面的眼睛
被我看见了
忧伤深不可测
宿命是一条条鱼
吐着气泡
我还看见了尖齿
我不相信这是真的

我把瓷瓶递给你
手上的温度还在
你松手了
突如其来的碎裂
惊飞了天堂鸟
让这个清晨
迸溅成碎片
月亮血迹斑斑

你像度母
安静地笑
对一个人
也是对所有人

好像什么都没发生

小镇

李伟

之间

石头与石头之间
从不相互抚摸
只有硬对硬
像两个枪手
既彼此尊重
又虎视眈眈

给妓女拉歇尔

你可以要一幅凡·高先生的画
甚至可以向他讨要一颗蓝色的星星
但你不该撒娇说——
想要凡·高先生的耳朵
凡·高先生爱抽烟斗，请为他
及时点上，再给他倒上一杯苦艾酒
此外，安慰他吧，给凡·高先生一个忘掉一
　切的夜晚
让丝柏在星空下旋转

翻身

把一张桌子
倒扣过来
让它

四条腿朝天

四条
朝天的桌腿
像四个
翻了身的人

围着一张
倒扣的桌子
你看看我
我看看你

高兴得
不住地搓手
他们终于开始
开会

讨论在一张
倒扣的桌子上
如何摆弄出
一席庆功宴

往杯子里倒水

往杯子里倒水
水流下去
流到杯里
杯满了
继续倒
水溢出来
顺着杯的外壁
流到桌面上
顺着桌子的边沿
流到地板上
沿着地板
流向门口
流向楼梯
这时倒水的手
停止

小镇

灼热的阳光下，一个老妇人领一个男孩
敲着一扇简陋的房门，嘴里喊：“耶稣，耶稣。”
门打开，出来一个满脸胡子的男人
皱着眉打量两个敲门的人

老妇人问：“请问，耶稣在这儿吗？”
男人摇摇头：“耶稣不在这儿，耶稣早就不住在这儿了。”
老妇人低头看看男孩，又问：“知道他去哪儿了吗？”
“不，这儿没有人知道他的消息。”

一老一少离开了这所房子，荒凉的小镇
低矮的房檐，恢复了死一般的寂静
那条扔着烂菜叶、废报纸、破被子、空酒瓶的街上
走着两个慢慢拉长的身影

不敢深想

面对刺猬
浑身挺起的长矛
我在想

要是一块巨石砸下
会怎样

小国的尊严
令人肃然起敬
但——
不敢深想

证据

是的
它的确存在

甲乙丙丁都
证明

它的的确确
存在

就像一小时前
广场上

烈日击打下的
那块冰

五十岁

五十岁
是更从容
还是
更脆弱

我
一边转动门里的钥匙
一边问
自己

刚才在车上
一个
打错的电话
竟能让泪水突然
滚出
眼眶

车窗外
灰色的雾笼罩
天空
楼群
急刹车后重又启动的
街

五十
年
像无数根尖锐的树枝
像那个穿黑制服的交警

一闪
而过

情诗

杨孜

情诗1

我想你，非常
但我不知道为什么会想你
就像不知道太阳为谁升起
我想你的时候
像阳光那样
用光波掠走你的全部美丽
或者像热带季风
弥漫着你的肉香
或者像诸子百家
纠缠你大脑的沟壑
或者把自己牵挂成鲁班手掌中的呆鸟
用想你的念头
杀伐波澜不兴的人生
把整个世界置之脑后
只在想你的念头里永恒
这样，数千年后
末法时代里总有一个明白人
会在漫漫人海里捕捉到一个古老的思念
而在这个思念里发现你的存在
后人们会为此大肆宣扬
直到你为你的美丽
精疲力竭

情诗2

我把她尽量掰开

想看清楚隐匿的秘密
这里是灵魂交媾之处
在这里我们共同欢愉
而在别的地方
却有点言不由衷

情诗3

我初见她时
她的光芒胜过了太阳
我把她全部反射了出去
但我却不是月亮
也没有勇气做她的行星

情诗4

她那样弱小
我只好把她挟持到身下
进去的时候她哭得稀里哗啦
我觉得她有点爱我
于是
我也觉得我有点爱她

情诗5

我背向着她
她从38度方向而来
九十三米
八十二米
三十一米
一十五米
两米，一米。停住
但是我却不敢回首
因为光线过于刺眼
有人说
这可能是我的初恋

情诗6

她从嘤咛中伸出手来
抓住了我的感觉
让我飘浮在天籁之中
我发现我今天的欢愉
并不来自于神经末梢
而来自于她的浅唱低吟

一切语言不必到此

刘红立

丁酉年，向一场诗歌朗诵会妥协

“妥协吧，你不觉得很累吗”
“嗯，向历史妥协，那是必然，身不由己。
现实则不必。谁欠谁，说不清，谁又不欠
谁。”

这拗口的想法，没有表达对象。
从一场诗歌朗诵会出来
熟人缄默。猛然觉得陌生
也是一见如故。

似乎无人全身而退。
但也未必：从前妥协的人，此刻似乎
正在发出消息，一种状态与另一种状态对
弈，以及
各式稀缺的回应。落子无悔。

好像宿命，量身定制的
长短、胖瘦、富贵、贫贱
这些灵魂的外套，经不住任何别出心裁的
私奔或者离弃。

我们于盛夏夜架起一堆篝火吧
燃亮赤裸裸的自己。妥协
或者冷却为，一个似是而非的坚硬符号

雨水

傍晚了，我要赶在雨水之前
和一群奔向东南的河流会晤
水自泱泱，带着雪山和神灵

岸边招摇的玉兰，口吻洁白
幽幽然，大雁已经启程
尽管天空灰蒙，飘浮的都是宿命

就像老去的树枝，楼群雕塑夜幕
有些散步者，穿过粼粼波光
在我看不到的小区和街道，空余华灯

关于清明

已经没其他想法了，但必须保留一点
小区的狗叫、鸡鸣，撵着一万步的
夜游。失眠的脚步
企图比清晨的鸟语更能唤醒人心

这是要走向哪里呢
哪里才是你的前面
穿过那片丛林，可否品赏明月和茶？

事实上，新发的枝叶早已挂不住
任何一滴旧露了。环顾左右，风和雾
全是雨水的想法

于众生而言
想法远比脚步匆忙，而我
恰好走到仅剩一个想法的时刻：
在这人世间，无论如何
在怎样的情况下，我不想你比我走得更快
……

丁酉暮春

山水花园谢幕。

人格，经过美容之后
妄图展示包装过度的平凡，有如湖心岛
那似乎是不易的了。

小船靠岸
赤脚下的鹅卵石，忍不住突兀地憧憬
一对孪生姊妹
在蹂躏着什么，还是被什么蹂躏？

忽然的京剧，字正腔圆，唱出同样的韵味
《智斗》这一幕，响了半个世纪
还很嘹亮。一如司汤达《红与黑》的主角
倒在异国他乡

值得吗，不过就是一场戏，还只有52集

山水依旧，花开荼蘼
谢幕？

小满

从天上往下飘摇
湿透了的降落伞，要占领整个夏天
替风，收复失地

蛙声被摇晕了

所有的鸣叫，都睁大花瓣
水灵灵的眼睛，草木大口呼吸
有些事物，趁机喜极而泣

云朵晃悠，村边的水车像一个醉汉
捣衣妇半个后腰一览无余
只有勤奋的棒槌声，撵着光阴，水花四溅

大街，流行各色自由的共享

黄色，这个高贵神圣的谱系
正在从自身分离出红色、绿色，和
蓝色组合
一整条街道上，流行
各种共享。城市不能再打盹了
白日适合打望
睡眼惺忪般的蜻蜓，骑着它们的蝴蝶梦
不停翻飞，又画地为牢

似乎一个写旧体诗词的人，在能指与所指间
纠缠不清：“是要把一些现象解构，还是
被这些现象解构？”他的自说自话
比单车的铃声赢弱
晦涩的隐喻，拗口的哲学

一切语言不必到此

昨天和今天的边界
此时，已空无一人
逡巡至此，驻足
月光与灯光对视
谁也不想退让一步
僵持，是熬苦的睡眠
眼膏越来越浓
“他们怎么可以，引用彼此的方言？”
“一切语言不必到此。”

通过一次伟大的胜利

朵渔

危险的中年

感觉侍奉自己越来越困难
梦中的父亲在我身上渐渐复活
有时候管不住自己的沉沦
更多时候管不住自己的骄傲
依靠爱情，保持对这个世界的
新鲜感，革命在将我鞭策成非人
前程像一辆自行车，骑在我身上
如果没有另一个我对自己严加斥责
不知会干出多少出格的事来
尽量保持黎明前的风度
假意的客人在为我点烟
一个坏人总自称是我的朋友
我也拿他没办法……多么堂皇的
虚无，悄悄来到一个人的中年
“啊，我的上帝，我上无
片瓦，雨水直扑我的眼睛。”

赞美

“幸福是一种谋得。”读完这一句
我来到阳台上，并假装思考片刻。
在我思考之际，一只蝴蝶翩然飞过
这些完美的事物并不为我而存在
我只是借浮生一刻享用它们的荣光

世间一切均是恩赐，你说声谢谢了吗？

要说谢谢，在世间的每一个角落
在垂泪的肩头和欢笑的刘海，在偶遇的
街头和遗世的塔尖，都要说声谢谢——
谢谢这种短暂的相处，谢谢这种共和

谢谢。但丁和他的导师归来后如是说。
谢谢。尼采在他最后的十年里如是说。
谢谢。一片银杏树叶如此感激那道光。
谢谢。你上扬的嘴角如此回应我的爱。

囚禁

——给德安

一排牢房一样的红砖建筑，一扇
很小的窗，开在房子的高处
只能看见风，房檐下的鸟，和
床单一样的云。我的朋友住在
三角铁搭起的简陋空间里，一张床
一把椅，一台连接世界的电脑
栏杆上挂着他的雨衣。

必须为自己建造一所朝向内心的
牢房了，他一边泡茶，一边感叹
外部的世界早已溃不成军
是啊，为自己的身体寻找一所
牢房，这很不错，适合孤单的劳作
顺便发呆、绝望，并在绝望中
悄悄自我修复。

两个人就这样坐在一张老旧的
沙发上，沉默着，烟灰里腾起一缕
白雾，一种难言的安详，一扇门
朝向夏天的草地，青草被阳光
依次点亮，多么动人的绿啊
朋友将它涂在画布上。

荣耀

——赠小玲

他召集众人修一座向下的通天塔
有一天，国王的人马踏平了它

他想为鸟儿重找一种飞翔的方式
他想为鱼儿重建一条呼吸的通道

他将道路修在空中，国王派来一阵风
他将道路建在水上，国王派来几头鲸

终于，他没力气再修，但在内心深处
他为自己修建了一条不可摧毁的道路

他失去的，正是他所得的
他失败的，正是他荣耀的

不要飞得太高了

——怀念荡子

我们生在晦暗启明的时刻
黑夜的主人在大宴宾客

政治的理发师为我们围上披风
手中的剃刀在我们的梦里游走

还好我们有诗的眷顾，每天坐在

家里写诗，竟然也没有被饿死

那就让诗歌继续带我们上升吧
让我们离开这灰头土脸的世界

不要飞得太高了，请以天空为界
不要坠得太低了，请以大地为限

只有诗让我们生，只有诗让我们死
只有诗有权取消生与死的界限

黄昏的宴席依然在喧嚣不止
那赴宴的人早已在中途离开

梦想王冠的人已得到他理想的棺木
勇于赴死的人终将第一个归来。

青烟

——纪念陈超

告别的队伍在缓缓移动
空气中不时飘来银色的碎屑
大家排着队，小声地谈论着
关于他的某次谋面，某个征兆
多么开朗的人啊，对每个人都
笑脸以迎，仿佛生活的诸般美好
还可以兑换多年好时光
我们都忽略了，当他一个人
回到屋檐下，去面对生活的内脏
那种绝望所积聚起的力量……
如果生得足够痛苦，死就会
变得容易。上帝啊，那飞翔的
姿势太美，不忍看。也许因为
只能死一次，所以要死得精彩
每个人离开，我们都祝祷他
得永生，因我们活着
还要靠亡灵们的祝福
它就静静地躺在那儿
像遗留在人世的一件行李
已与他无关……而我至今
记得，在一次闲聊的间歇
他将香烟从嘴里轻轻吐出来
再用鼻孔吸进去，在体内
游走一圈之后，那股浓烟
已化作一缕青烟。

他的诗里没有爱

他的诗里没有爱，我是说
那种湿润、清洁，像叶子在阳光下
透明的爱，但有恨，有大段的枯枝
大片的湖水、荒草和盐碱地
有白头翁的鸣叫，有老妪干瘪的阴户
有冒着黑烟的乡村拖拉机，但就是没有爱
当他的女友敲响他的小院门，他正从
一段关于爱的概念上抬起头来——
他没有爱，但偶尔会做。

绝地天通

坐在半轮新月
古老的光辉里，想着
孔夫子、佛陀、苏格拉底和摩西
几乎同时解决了人与神的
关系，就觉得眼下那点事
实在算不上什么。而如果

在缤纷的大地上，接受不到
降下的罪，就不可能
将体内那根必死的琴弦
奏响。

困惑中或有真意

写，在人生的全部闲暇中，然后承认
写本身即是一种闲暇：虚无于虚无中

我写诗还是诗写我？词语搬着我的脚
来到这无人之地，也许并非我的初衷

我甚至无力推动自己让自己换种姿势
我只能师从清风隐身让树冠替我显形

我是不幸的，当我坐在书桌前，并且
写着：“我是不幸的”，这怎么可能？

诗什么也不是。但什么也不是又是什么？
为绊自己一跤，我在诗里放了一块石头。

通过一次伟大的胜利

“你见到过上帝吗，贞德？”“见过。”
“上帝允诺你出狱了吗？”“是的。”
“那他允诺你在什么时候出狱？”
“……通过一次伟大的胜利。”

“其实我从没见过上帝，哥们，”他
对我说，“但有那么一两次，在狱中
我确信我听到了上帝的声音……”他
眼角上有泪，但努力不让它流下来。

在回家的路上，他扭头看着监狱铁门
像在回望一座教堂。还会有希望吗？
会的，这条路很容易，只要你艰难地
下定决心……并通过一次伟大的胜利。

惊讶

有时，我会因为过于骄傲
而将自己视同于一片雪花
我见过云上的世界，那是
一种透明而深邃的蓝
我曾向一个人讲述关于灵魂
不朽的理念，也就是追述你：
想想看，如果死就是终结
那么生还有什么意义？
他说他明白，其实不是的
如果他没有感到惊讶，那就
还不是。就像我不曾惊讶于
一片雪花。

女人到底是怎么回事

一个少女身上有几种气味？
哪一种是你最喜欢的？

我们都以为她不愿意与他
做爱，但那插入之后的喊叫
又是怎么回事？

当她说“不”的时候，哪一个“不”

才是可以当真的？

当她哭泣时，哪一滴眼泪是
欢快的，哪一滴又是悲伤的？

贫穷会让一个女孩子的乳房
变得更圆润吗？

剥开一枚橘子——在一个少女
面前，每一个动词都是色情的。

不敢想象，弗吉尼亚·伍尔夫女士
在沙龙的现场放了一个响屁。

当她裸着身子在厨房里忙碌时
你是欣赏她的美，还是她的厨艺？

因为心情的关系，她为今晚的月亮
打了九十分。

同样因为太过委屈，她要照着镜子
哭给自己看。

你觉得幸福，那是因为她一直在用
她腐朽的那一半在爱你。

你们背地里骂她骚逼、贱货，但她
知道，她很可爱，有一对肥厚的唇。

她说：女人的身体其实都是一样的。
都是一样的吗？每朵花也是一样的咯？

尽量站在树的角度去理解一棵树
但无法站在女人的角度去理解女人。

秘密

“因为掩盖的事没有不露的
隐藏的事没有不被人知道的”
真的是这样吗，我的上帝？
那又该如何来解释此刻那个
躺在马路上的人，当他下班
骑着车回家，车筐里还放着
刚买的活鱼，就被一场车祸
夺去了生命，他着意掩盖和
隐藏的那些秘密，也许只有
您知道了吧？您是世上的光
而我们的爱却存在于阴影里。

挨着

戴潍娜

临摹

方丈跟我在木槛上一道坐下
那时西山的梅花正模仿我的模样
我知，方丈是我两万个梦想里
——我最接近的那一个
一些话，我只对身旁的空椅子说

更年轻的时候，梅花忙着向整个礼堂布施情道
天塌下来，找一条搓衣板儿一样的身体
卖力地清洗掉自己的件件罪行
日子被用得很旧很旧，跟人一样旧
冷脆春光里，万物猛烈地使用自己

梅花醒时醉时，分别想念火海与寺庙
方丈不拈花，只干笑
我说再笑！我去教堂里打你小报告
我们于是临摹那从未存在过的字帖
一如戏仿来生。揣摩凋朽的瞬间
不在寺里，不在教堂，在一个恶作剧中
我，向我的一生道歉

贵的

面对面生活久了
好比
平躺在镜面上去死

卧室的镜子一定要买贵的
它决定了你自以为是的形象
家中的男人也一样
这些虚构之物，帮我们订正自己

鞋子一定要买贵的
人一辈子不在床上，就在鞋上
它必须高跟，且有本事典雅地磨出血泡
正因为你付出了这许多
才能收获我如此多的痛苦

床也一定要买贵的
跟鞋子不一样，你不能对死亡吝啬
什么时候做爱？
——每当想死的时候

枕头当然也要贵的
万一做梦太认真，太严肃
还能摔到现实比较丰满的部位

书架则要又贵又乱
贵得，让人有胆气穿过群书垒起的森严高墙
乱得，最好能塞进一打姑娘

玉石、古玩、钱币、艺术品统统要买贵的
我不用了解你
爱你就好了

请问：你脑子里都是这同一类事情吗？
当然不是，如果一直反省一类事，那是一个
　学科
恭喜，你已经建立了关于前男友的一门学科

那好吧，反省一定要贵
但不能太深刻，否则“药丸”
我每天对着镜子面壁
我每天对着男人面壁
……

知识的色情

你的后背不曾跟我的脚踝亲热
我的肩胛骨从未触碰你的腰窝
二十年在一起，我不认识你
就像不认识我的房间，
和家门口的三尺土地——
它的体温，我的赤脚从未体会
隔着词语，隔着网络，隔着逻辑
我们认识世界的方式，如同一场禁欲
我爱上的全是赝品

我从未尝过泥土，从未舔过雪冻
我这一副身体不够来爱这世界
可我依然活着，依赖种种传言
流连他们口中一天比一天更可爱的蓝
罔顾启示录里一年年延迟的末日时间
盲目幸福着，如草原上一只獴苍凉的小背影
只一次机会，造访这宇宙的深情
它汗腺和血液中的冰川，抵御——
那来自知识的色情
而最终用一首诗打发掉这些
如表演中的无实物练习
我再一次辜负你

表妹

那年头，月亮还很乖

坐在那里，叫人看
我不会鞠躬不会笑
跟谁都可能遇见
种种称谓之中
我只愿做诗的表妹

月亮蹭过窗户，门板
连同植物的叶片，像个小阿姨
伺候在家坐监的你。表哥，
玉兰花一开，你就将白纸杀伐
我要你浓墨，我要你婆娑
我要你踩着高跷才吻到我
我要你每天将我安葬一遍
像烧掉一页写坏的稿纸

我要你每晚喂给我一勺悲伤的笑话
我要你负责繁衍，如同科学世界
在假设之上推敲得兢兢业业
这座幽灵之城
我要你男子的长发与我秘密相连

我愿你认清字中的荡妇与烈女
我要你练习反转，双关，押韵
无限的停顿，妖娆的喘息
我要你做我生命中悲伤伟大的休止符
一生都在未完成的欲望里

我可以风雪之夜，死在街头
可以白日里永远拒绝，却逃不过
梦中男人的追捕。表哥——
这样叫你时，我就能获得
一些伦理上的障碍，像面对
所有因艰难而迷人的事业

世界蜿蜒向前——
可以随时起舞，可以四处原谅
我还想滥情，对所有信所有疑
月亮它还没长大
种种称谓之中
我只愿做你的表妹

炒雪

喜欢这样的一个天
白白地落进了我锅里

这雪你拿走，去院外好生翻炒
算给我备的嫁妆
铺在临终的床上

京城第一无用之人与最后一介儒生为邻
我爱的人就在他们中间
何不学学拿雄辩术捕鱼的尤维亚族
用不忠实，保持了自己的忠诚
这样，乱雪天里
我亦可爱着你的仇家

用蜗牛周游世界的速度爱你

拨动时针般拨一回脑筋
我躺在林地　数历次生命的动静
苔藓是赶路的蜈蚣精
白肚皮擒到它绿色的小鞋子
莫惊　莫惊

每一夜的星空逃得太快
我的爱还未来得及展开
一次初吻就将我覆盖

舍不得就这样把世界爱完
如同婴儿嘴巴里的味道还没长全
爱很久要更久
我用蜗牛周游世界的速度爱你
在两次人生之间
时时为千百代的鬼所牵绊

今天，整个世界都是雪的丈夫
为这粉身碎骨扑覆的拥抱
启程即是归途。紫铜色的臂力
一朵一瞬地掸开

挨着

神女眠着
像一所栈房，黑话进去住一阵
白话进去住一阵。一出门
乌漆的山顶，贴着脸面升起
那些最先领到雪的白色头顶

都泥醉了
良知胞妹，连五尺雪下埋着的热情
恋爱是最好的报酬
轻誓如瓜皮，爱打滑了
鬼子母出招：尝一嘴石榴
跟你家官人肉香最近，都酸甜口儿

旋过去了
年岁卷笔刀。得活着
像一首民谣，不懂得老
邪道走不通，大不了改走正道
古代迟迟不来，那就在你的时代
挨着

不殉情了。不殉美了
试一试殉鬼
争吵不断的坟地，喧嚣比世间更甚
无数个死去的时刻讨要偿还
活着的人，以一当万
你空想的自由

帐子外面黑下来

你说，我们的人生什么都不缺
就缺一场轰轰烈烈的悲剧

太多星星被捉进帐子里
它们的光会咬疼凡间男女
便凿一方池塘，散卧观它们粼粼的后裔
你呢喃的长发走私你新发明的性别
把我的肤浅一一贡献给你
白帐子上伏着一只夜
你我抵足，看它弓起的黑背脊

月光已在我脚背上跳绳，顺着藤条
好奇地摸索我们悲剧的源头

一斤吻悬在我们头顶
吃掉它们，是这么艰难的一件事
亲爱的，你看帐子外面黑下来
白昼只剩碗口那么大
食言，就是先把供词喂进爱人嘴里

为了一睹生活的悲剧真容
我们必须一试婚姻

和平是多么不检点
人们只能在彼此身上一寸寸去死

狮群弹奏完我们，古蛇又来拨弄
它黑滑沁凉的鳞片疾疾蹭过脊柱
你我却还痴迷于身体内部亮起的博物馆
辛甜的气息扎进丘脑，雨滴刺进破晓
在这样美的音乐声中醒来
你是否也有自杀的冲动？

遗忘如剥痂，快快抱紧悲剧
趁无关紧要之物尚未将我们裹挟而去

这些悲伤清晨早起歌唱的鸟儿都死了
永夜灌溉进我们共同的肉身
愿我们像一座古庙那样辉煌地坍塌
你背上连绵的山脊被巨物附体
我脑后反骨因而每逢盛世锵锵挫疼
——你的痛苦已被我占有
帐外的麻将声即将把小岛淹没
我渴望牺牲的热血已快要没过头顶

坏蛋健身房

你每天睡在自己洁白的骨骼上
你每天睡在你日益坍塌的城邦

对什么都认真就是对感情不认真
对什么都负责就是对男人不负责
餐前用钞票洗手，寝前就诽谤淋浴
你梦醒，从泥地里抬身
你更衣，穿上可怕思想
你读书，与镜中人接吻
你劳作，渴望住进监狱
你生育，生存莫过复制自己
罪恶也莫过复制自己

你拜托自己一觉到死
身体里的子民前赴后继
那个字典里走出的规矩人
那些世世代代供养你的细胞
一天不强行苦练
后天长出的坏蛋肌肉就要萎消
瞧瞧这身无处投奔的爱娇

去他们斤斤计较的善良
还有金碧辉煌的空无
你想用尽你的孤独

十八个白天

白天过后，白天仍不肯退位
像失眠者摸不到进入夜晚的门
一个星球的停车场，蓄足燃料
让每一刻饱和，时间会隐退

自由成为自由的最大束缚。敌人
正把热烈握手行贿给相机
有谁计算过漏掉了一次夜？
一只坐等天明的
失眠夜莺，必须高唱
连轴的白夜将我们从睡觉的瘾中解放
无知觉的劳役拯救我们有关不幸的苦苦推敲
真相是：真相与你无关
你看见，有个人午夜出门，头上戴了两顶帽子
你不由得猜，他云向的是夜，还是白天

一代人

——赠孙郁老师

一代人
活在黑信封里
灵魂压在红印章下
谁知
一个审美主义者的疲惫

没有年龄　没有国籍
忧思共和国里的士大夫
从天神嘴唇上拈来词句
远处的山丘抬起头
它黑色的蚌壳张开
吐出珠贝

佛给予的礼物是随时随地的
亦如您给我的

交换

一个色衰的女人，仅一行诗陪伴

年轻时，在男人间流亡
等老了，成无人追缉的逃犯
挑个周末她跳上亡命列车
尚未进化的男人找她搭讪
“捎你一程？”她原想拒绝
但教养，是她最大的障碍
从来都是

就轻易上了当，像少女
被劫持，像有价值
女人被塞进一只巨大的绿色邮筒
躺在树的空心，驶往可怖的命运
黑暗突然光临，像石块砸下
谁被砸中，谁就是黑天赶路的玄奘
硬信封学硬汉消遣
硌得她身子处处叫
她原来一直住在暴风眼
路途太长，恐惧闷透了
她忍不住没教养地拆信
借手机微光，她将私信一封封阅读
终于过上了以为小说里才有的无耻生活

这是文明野兽最好的巢穴
听着信里的情话、俗话、蠢话
调频到尘世的交配音乐会
她不觉克服了恐惧，跟写信人纠缠
和他们骂战、雄辩，插足他人一对一的私语
她复以诗篇。这一路

海水常新，命运也时常改变主意
邮件寄送千里，但也许它哪儿也没去

她拿她的眼睛换了一首诗
又拿她的嘴角换了一个词
腐败的身体漫成纸上绚烂的色气
以为属于青春的，原来属于老年
她终于长成了一个谁也读不懂的老太太

鼓楼的夜

鼓楼的夜呵
是一个老女人收敛起自己的香气
起风了，起皱了
衔杯具，觅同饮

白居易们迭迭地来了
四面灌进的唐风是酒
人一天比一天更醉了
月亮在哪个朝代都能找到她最好的筵席

一只蝈蝈把秋天叫老了
一声钟鸣，拔下大漠孤烟
吹进袅袅的酒炉
这些为刺客降下的夜幕
人和鬼隔朝张望
寡妇琴有心奏出错音
铡刀口滚下美人头颅
叼雪茄，翻禁书
中轴线上走摩登步
酒后抖落出异乡人口音
我与他们并无不同
在一连串鼓胀的夜色里，试探着
去采撷老虎的黄金须

这副泥身左右为难

余秀华

远方的你

哪有一种事物能够比喻你呢，星空深邃
晚风拂过金黄的麦穗，光线弯下小小的弧度
麦田上的路蔓延到海边

哪有一种情意能够拼抱你呢，生命辽阔
细雨落在收割后的田野，雨珠跳起来亲吻神的衣角
积蓄在树冠里的苍翠扩散得越来越远

哪有一种勇气能够触碰你呢，山高水长
夕阳的光从水波里慢慢收短，那些爱和被爱过的人
都顶着装满雨水的瓷罐

哪一座寺庙能够保佑你呢，如此神秘

那一日我跪在菩萨面前，耳边响起你的声音
我可以依持菩萨。菩萨也允许我依持你

我喜欢你，潘洗尘

写下这个题目，我笑了起来。玫瑰开始吐蕾了
你知道在鄂中丘陵
气候要晚几天。你知道遇见一个人
也许要晚好几世
你知道我要做好久的准备，至少准备好
不在自己的残疾面前露怯

我喜欢你。我喜欢这人间所有的美好
傍晚，一只喜鹊落上阳台
阳光里，它腹部炫目的白
我想送给你
我想送给你满天星宿。而这些也是你
送给我的

我想送给你的，还有这一个村庄的蛙鸣
这花没谢完就结籽的油菜
我还想送你一个姑娘，尽管我不知道
你拿她怎么办
那天她和一个男诗人一起喝酒
她那么芬芳
以至于我忘了，这个男诗人曾被我所爱

读李元胜的《无限事》

落在横店的时间和落在重庆的不一样
这个时候，落在两个地方的雪也不一样
2001年，中年的男子已经预备在一场爱情里后退

繁茂的花草也预备好了新的道场
那时候我多年轻啊，白裙子飘飞的夏天
不知道爱在何时觉醒
到了现在，我重复他给过这个世界的
很轻。又颤颤巍巍
他去年拍过的蝴蝶已经误入了下一个轮回
我在寒冷的院子里想起这些事情
时间有不同的层次
我在暗处
我想循着他的脚步走进光明
而生活的错乱无法拔出
书里有一张他的黑白照片
我有一次把脸贴上去
真有做贼心虚的惶恐

我已经没有珍贵的给你

窗台上的绿萝长出了新叶子
照在它上面的夕光和昨天不一样
落在下面的阴影也和昨天的不一样
喝在嘴里的茶
和许多日子都不一样
你知道，我写过许多情诗
为那些等不到的回应
是的，有时候我也想给你写
比如这个时候：乡村如此沉寂
归鸟翅膀明亮
想起和你见面的丝丝缕缕
一个浪潮也能扑腾出火热的诗行
但是我捂住了它
如同捂住不敬

过程

总是快要熄灭的时候让我醉心
如同逃出一场劫难，而你我无损

从春到秋，一只鼹鼠把一个洞越挖越深
位置隐秘，避开了风吹草动

爱如雷霆
熄于心口，又如灰烬

我唯一能做到的
是把一个名字带进坟墓

他不停老去，直到死
也不知道这里发生过的事情

一夜都有凉风吹

我的床上摆着两只枕头
一只朝北，一只朝东
早上我发现昨夜我在床上睡了一个圈
床上的几本书印满睡痕
写书的人，有的已经死了
有的还活着
有的在外国，有的在中国
有的没有国籍
死了的人把块垒放到活人的身上
当初我埋怨这张床太大
一个人睡着冷
如今我有这么多同床共枕的人
他们都拿出多余的小部分
在我床上
真正的部分还在世界上飘荡

他说：坟头的花草里藏着鸟雀啾啾

天高的高，他量过了。地阔的阔，他也量过
一天的时间里，一半把他往前推，另一半，把他往后拉
而夜晚，他必然会在民国的一个巷子里，沽满酒
循着未眠的鸟鸣找一块湿润的地方安身

酒易醒。长江的风在一个小酒馆里重新找到他
此刻他有多个分身：一个借肉体沉醉。一个靠魂魄清醒
他们不在一个地方，他们相距甚远
还有一个，最模糊的，被半空里的我追赶

是啊，人间的花草我们爱得不够
必将站上坟头找我们算账
而如果你还在人间，我就会指给它们一条
光明的路径

这副泥身左右为难

1
妄相丛生。不妨多一句妄言
戴着镣铐站在菩萨面前的人
杏花落了半壁江山，而心徒芬芳
雨在一个人的祈祷里停下。雨在一个人跪下去的时候
停下
菩萨，请推远我
菩萨，请将更多的泥泞溅上我姓名
和我性命

2
菩萨你随手一指，便是铺天盖地的相遇
菩萨你引诱我

让我在这副泥身面前左右为难
生是含死生。死是忘生死
这午夜青灯
无非是念了又念，终至无言
这万卷经书
不过是布在尘世上的万条路
让人走到厌倦

3
给一个幻影让雾气化为水，让水升腾为汽
他和我相对而坐
他的手牵住了我的手。他的手摸到了我的腿
给一条残腿让他猜测
给一双残腿向他跑去
给一个女人陪伴他，让我不断嫉妒之心
给一个思念安在雾气里
给一种隐患安置在江汉平原
给一种绝望让我
仰望

4
迷惑他。当我在他生命之外
鼓舞他。当我在他生命之外
迷惑我。当我有了靠近之心
毁灭我。用这年复一年的孤独和悲戚

戒酒辞

想起来很久没喝酒了。
自从在他面前醉过以后，就再没喝了
今天下午阳光照在我脚上
我想起酒，想起那些喝酒的日子

以浓稠的虚空回应稀薄的虚空
以频繁的话语回应长久的沉默
以舞蹈扶正这身体的倾斜
以假乱真
多么忧伤而美好的日子啊
如今我不再喝酒了
对生活的腼腆愈加让我结结巴巴
没有一种流水能够冲开我身上的绳索
为了报答我对你的爱
我蜷缩成一个优雅的假人
而“我爱你”这几个字
因为酒后失言
已足够我忏悔后半生

铃儿

铃儿是一个瘫子，铃儿爱上了一个男子
她在白纸上、泥土上、树叶上、天空上画满他的样子
铃儿她想站起来，她想穿上好看的裙子
铃儿她死的时候，多想叫出他的名字

铃儿是一个瘫子，在地上爬着如人世的弃子
她的手脏了，脸脏了，衣服也脏，从来不脏的是她
怀里的名字
铃儿她死了以后，还是没有叫出他的名字

风卷走她坟上的落叶，从来没有谁动一动
命运的棋子
风卷走阴阳道上的黄纸，吹散她已化成灰的
身子

一个精神分析师的手记

靳晓静

死亡的光芒

向一些死者致敬
绝壁上的攀岩者
坠落于一千零一次的攀登
二十年的驴友
消失在某个无人区……

死亡是炫目的
是一种自带的光芒
在大街上的熙熙攘攘中
漫长的生涯中
一些执着者怀揣这光芒
一天天长大，没人觉察

什么人会成为
自己的刺客
他喝水老是被呛
咽喉并无疾患
窒息是一种诱惑吗

当夜幕降临，暗影在浮动
是一些伤痕累累的小猫小狗
他们幼小的舌头
甚至舔不到自己的伤口
他们缩回舌头
咽下一簇黑色的光芒

这以后，你很难在人群中
再找到他或她

他们磕磕绊绊长大，工作、结婚或不婚
然后，在某次意外中死去

我知道它一定会断，与风无关
与它不为人知亦不为己知
的秘密有关

枯萎的花

我的阳台上有一排花
最边上的一盆，干枯了
是我浇水时无意中漏掉了它

一个声音说，你这是故意的
从来没有无意这回事
你要看见被忽视被冷落的样子
你幼年时就站在这个位置
你要用这盆花的枯萎
找回看似遗忘的痛

回想当初摆花时真的很随意
为何是这一盆摆在了边上
排序的那一刻，发生了什么事
上帝如何掷他的骰子

另一个声音说，放这个位置
是这盆花自己的选择
对显眼的位置，它自觉不配
记得你小学被老师提问吗
你站起来，什么都知道
可你就是不回答，宁愿
木偶似的站在那旦，你以为
要比别人聪明，你不配

我的阳台上有一排花
每一盆都有它自己的命运
昨夜，前面一盆开得很好的花
一枝花茎被风吹断了

镜像

我不可复制
眼中有摇篮在晃荡
旁边是她一岁半的表哥
外婆同时照料着两个孩子
女婴在摇篮中哭声响亮
这是一个婴儿
羸弱而元气满满的竞争
为了得到凝视和抚摸

我仰望平原上月亮的神态
是北京皇城附近一个三岁的小女孩
趴在幼儿园夜晚的窗口
想念妈妈时的眼神
多年以后的课堂上，有人说，
幼儿园全托的孩子
像在孤儿院长大

我的血液中有铁
那是父亲在战场上溅落的铁屑
有时落在我身上，猝不及防
我在阳台上修剪花木的动作
是另一个小女孩，我的母亲
在民国的大宅院里
伸出手拨弄花草的样子

当我整理衣柜时
就能嗅到东北的严寒中
奶奶收藏的几件皮衣的气息

而当我读书，发出的
是爷爷教书时念出的声音

从小痴迷铁轨，
秘密地享受远和空
是想和一个民国时期的铁路工程师
靠近一会儿
他是我外公，我没见过他
但铁轨纠缠着我，让我痴迷

爷爷奶奶外公外婆之上
更多的密码，打入暗黑处
甚至我未及出世的孩子
也时常和我悄声耳语
让我在冬日的炉火前打盹时
神情怪异

我不可复制
太多的事情我已忘记
遗忘的部分如水载舟
今生能掬几瓢
多么神秘，我命定的这个系统
进不来，出不去
人们只看见显形的部分
人们把这叫命运

低若尘埃

一直以来，你有个隐秘的向往
做一名战地护士
怀抱战火和伤痛
在某个无名高地上
抚摸伤者的额头
你生不逢时
假若在1825年
你幻想做十二月党人的妻子
抛弃巴黎的沙龙
追随丈夫的脚印
怀抱大雪和爱情
在流放地，骄傲地和爱人赴死

后来，成人的你两手空空
接不住任何一片落叶
如果有好朋友去世
你会抚养她的女儿一直成人
并每年带她到母亲的墓前说
这是最爱你的母亲
我只是疼爱你的阿姨
我要替她爱你养大你

抑或谈一次恋爱
心爱的人如果生病住院
是那种危险的传染病
你会进入隔离病房
握住他的手，并亲吻他的双唇
这样，你便靠近了你心中的战地护士

你总是在幻想中
把自己放在祭坛上
牺牲自己，奉献自己
仿佛只有这样崇高才配活着
在诊室，一个声音问你：
是谁渴望被抚摸额头
是谁渴望生死相随
是谁渴望被爱被照顾不离不弃
是谁，是谁
泪水慢慢爬了下来
直至滂沱

你想站上一个高地
只因你曾是个被嫌弃的女婴
你的存在低若尘埃，你
所做的一切，仅仅是
让人看见你不是那么令人生厌
你善良、有用，和旁人无异

不为人知的幸福

天气阴暗的时候
你爱坐在窗前，情绪是忧伤的
将哭未哭时，叶子落下来
接着下雨了
这是1964年的雨
落在那年的水洼中

在窗前、山中、船尾
看了多少次雨已记不清了
却记得藏着隐秘忧伤的幸福感
雨是上辈子被打散的魂
要你此生来捡拾

舔舐着伤口的红
像狗一样，用舌头享受伤痛
忧郁，有不为人知的幸福
你失落它有多久啦

直到有一天
你在凤凰古城
一头短发，牛仔裤，墨镜
爬坡上坎地看风景
累了，去喝杯咖啡
在临江的咖啡座窗边
一个女子，她眼神迷离
长发，长裙，长长的披巾
有波西米亚的气息吹来
有一点点地老天荒的美和忧郁
你怔住了，你看见了昨天的自己

你终于没守住忧郁的秘密
你弄丢了它
而忧郁，有不为人知的幸福

命运

一条用沉船的材料
打造的新船
会有再次沉没的危险

一把割破过手指的刀
会努力指向
下一次舔舐血珠的机会

人要警惕自己的父母
和家族，投给自己的阴影
这影子随着太阳的方向
时长时短，跟定你的一生

直到被你看见，然后
命运翻转，打马而过

症状

在督导课上
你对督导师说
今天天气很好

督导师说，这句话
你已经说了两次
你说，这有什么问题吗

督导师说，这句话
有无问题我不关心
我关心你为什么说到天气

随口而出呗，你说
不为什么，这是无意识的
正因为无意识选中了它
为什么选中了这一句

这本只是个练习
督导师只是在告诉大家
怎么倾听语言背后的无意识
可是，很久以后
你在看天气预报时
才突然发现自己的确有些怪异
你的家与单位仅一墙之隔
为何你一天不看天气预报
就像掉了魂似的

你对天气有着深深的焦虑
有一天你忽然领悟
5岁那年，你父亲因车祸身亡
你母亲总对你说
要不是那场大雾
你父亲的车不会坠入河里

多年来，你没觉察到
自己对天气有着怎样的焦虑
但你清楚，你爱你的父亲

牵引

我想离婚，你说
他打了我，他竟然打了我
你亮出那块青紫，这个家完了

他没什么好，当初我找他
就是看中他的好脾气
结婚那天，你对他说
你一辈子不准打我，否则玩完
他愣住了，他说你真逗
你说的事儿八辈子都不会发生

日子如流，水下面的鱼
在循着记忆返回出生地
你也在这队列中回家
暗黑中亮起的信号是
家是疼痛的地方
家是你抱着父亲哭喊
又被一脚踢开的地方

你恍若隔世
夜里起床时发现
丈夫的呼吸安宁而陌生
一个声音在暗黑中说
家是疼痛的地方，你要回去

你开始抱怨，开始挑剔
开始乱发脾气，一个月不行
就再加上一年，一年不行
再加上三五年
你一定要再造出一个父亲

现在，你终于成功了
这疼痛多么熟悉
感谢这暗中的伟大牵引

不重复怎配叫命运
你要看见这些暗黑
摸着这些疼痛，然后让命运反转
在东方发白时，你必得重生

秘密

每个人都藏着些东西
不为人知，你自己也不知
这才配叫秘密

你坐着时，身体总是前倾
过马路，你愿意跟随人群
进餐厅，你选择靠墙的座位
点烟时，总要先舔一舔过滤嘴
你总是爱上比你大得多的女人
你养过三次宠物
最后都送给了别人
你交了许多医生朋友
你总在早晨4点醒来
楼梯间的风声使你心紧

这种个人小事件数不胜数
这些是秘密的针眼
大街上人群来去匆匆
身后的影子说明
没有人不与秘密同行

这些秘密有潮湿的气息
表明它们来自一条暗河
也许是黑屋里飞出来的蝙蝠
它们在黄昏为你引路
让你在一条死胡同里耗费半生
直到有一天你敞开一道陌生的门
看见住在下面一层的另一个自己
这些秘密的蝙蝠一一死去

对宠物说话

两只宠物，在你膝下
一只白猫叫雪儿
一条斑点狗叫小子
现在，这家里只有你和它们了

雪儿，你怎么又上茶几了
错没错？错在哪儿
你给我好好想想
喵！你还敢顶嘴吗
看我给你两个巴掌

小子，把拖鞋给我叼来
嗯，还是我小子乖
可是你别骄傲
邻居家的虎子比你强多了
看见主人摆洗脚盆
它自己就知道该做什么事了

你已经老了，成天和宠物说话
有一天你突然发现
你说话的音调差异很大
仿佛有两副嗓音在借用你的喉管发声，它们是那么熟悉
怎么回事？你想啊想
忽然，眼泪就流了下来

这是你父亲母亲的声音
这是你痛恨的声音痛恨的话

现在，这些话现在由你说出
九泉之下，你的父母可以安息了

诗人或者自恋

你从一个水杯
看到干裂的嘴唇
看到秘密的池塘和水下
一条鱼优美地转身
看到屋檐下的雨水
三岁那年，为什么哭忘记了
你知道水是咸的

你看见大河
水边有尚未下藏的卵石
你看见露珠
一个人住在里面
太阳升起后他将流离失所

接下来，你看见药片和伤痛
喉咙里咕咕的水声
咽下生的希望
你看见洗礼
看见洁净的水中
一个人信靠了耶稣

最终，你看见的
仅仅是一个水杯
你是世界上最自恋的人
是不幸被囚的公主或王子
在爬向水杯时
自己解救了自己

吃到一只瓢虫

余幼幼

被动

她的话中带有瘀青
风吹不走雨淋不湿的外伤
降温使之还原，疲倦使之现形
性别使之绝缘，现实使之蜕皮

她站在女人堆里像男人，站在
男人堆里像阳具，她什么也不像
既不像自己，也不像所有人

把秋天翻一面煎黄，直至冷却
词语受冻之际，不参与交流
默不作声的事物白得露骨
未尽之言逐渐康复

再等几年，仍旧被动的唇形
必会发出元音
或种植在另一张唇里

打牌

是时候重现昨日的狂欢了
用酒浇灌的室内盆景摇摆不定
但它们不倒向哪一方
也不偏袒无意义的神秘
沉迷于扑克牌的男女
手中的花色匀速向倾斜的一边运动

倾斜是概率的出现以及被运气
吞噬掉的日常

后面进来的人继续加入
这场不存在的牌局
发牌人首先指出这个世界的空虚
下家的双手发抖依然说不出
得势者和失意者如何被预先安排
我们教育那些不肯相连的数字
也从中分离出病态的耐心

后半夜从此处变成废铁
被无聊锈蚀的窗户再难关上

过滤

酒神聚齐，半边脸遮蔽虫鸣
威士忌通过细长的瓶颈，一滴滴
把喉咙灼烧成时间隧道
此时，只要愿意聆听
就能获取二十岁的灵感
从喝醉的年纪过滤出一根鱼刺

不胜酒力而被黄昏扑倒
脚上长出影子，唯恐把它踩死

陷入黑暗的你与
反光的你睡在同一张床上
用相同的呼吸消除间隔
在浑浊的梦中捞鱼，在滑溜溜的鱼脊上泄欲

毛衣不用于保暖，只用于导电
身体不用于抚摸，只用于修改经历
知觉用来失去，记忆用来
吸入空气，吐出蜻蜓

磨刀

磨好刀，去恋爱吧
找一个人从背面刺入
向他打招呼说明你的来意
在身体里磨刀
越磨越钝的
刀刃会向他证明
时间已经不多
不恋爱的人不配流血
不配和刀融为一体

恋爱吧，携手去磨刀
你和我一人捅对方一刀
没有人死亡
也没有人生还
磨好刀，把爱情郡
留在刀刃上

杀人不用枪

杀人不用枪
而是把太阳穴挖一个洞
里面埋上子弹
等待长出一把枪
留下撬动皮肤的痕迹
也不要把枪的秘密泄露出来

有人藏在对准枪的位置
和枪口保持着

随时可以接吻的距离
但是不要开枪
不能让亲吻跨越边界
不能让他们得逞
把危险变得那么过瘾
把死变得那么重要

枪响

如果你在水中睡着
那支枪已为你准备好
我会让枪声下沉
跃过鱼的背脊，穿过石缝
水草，半截阳光
然后安静地
躺在你的身边

你们一边醒来，又一边睡去

浪费

酒量又涨了几厘米
与回暖的气温一同升上天
触及顶部的舌苔
就可以解释今天最深的区域
为何到了五点皮肤才开始反光
热气才开始使用体力
一群人把酒肉摆在最显眼的位置
是为了衬托夜晚的诞生和
唇齿间的幻觉
不管生于哪个年代
我们故意浪费掉的都是
今晚的二十几岁

吃到一只瓢虫

吃面吃到一只瓢虫
这是属于少数人的夏天

闷不吭声的我和
吆喝的服务员
摩擦着周围的热气
以及热气中挤进的唾沫

电扇旋转形成的风
时不时掉到碗里
卷走菜叶上的一粒芝麻
我有点心痛
这细微的损失

还有一小部分人不爱流汗
雨水会来进行补给

冰西瓜到了晚上就变成三角形
凉被下的鼾声定会
来劈开披着绿色外衣的梦

从来不见面

说再见之前
彼此都没有见面
为见面准备好告别还是
下一次的见面
这取决于湖水有没有结冰

能不能承受
幻想啊失望啊之类的
东西在上面行走

芦苇往一边倾斜的
角度也算
步履或轻或重
都是从心里面迈出来的
人很奇怪
从来不见面
就是永别

柚子

到了区分酸和甜的时间
一颗水分充足的柚子从树上
掉到我的面前
它比平时吃的任何一颗
都来得突然
来得毫无防备

我在想是储存在
离酸近一点的地方
还是离甜近一点的地方
是放在你喜欢的位置
还是我爱你的位置

想了很久
柚子被全部吃完
答案还是没有想出来

一场大雪

徐南鹏

伊人

画下此岸
我再画下三钱月光
它比今夜的霜重一些
我画下风
再画下上升的星辰
它比秋后的芦苇轻一些
也许这只是一次失误
但结局如此严重
风　迅速占满我的画布
缓慢地吹，瓦解
我苦心经营的云
夜色中的旅人
瓦解火红的唇和如水目光

要，不要

为什么要
为什么不要
这个念头刚一闪现
后面的人就开始按喇叭
我狠踩一脚刹车
有序的车流有点乱了

春天

试探着，我把手伸出去
张开五指

那阵风，就像初识的一样
从我的拇指绕过去
一直到小指
又绕了回来
一步也不肯离开

荷的写意

拥挤的荷叶，不是我喜欢的
喧哗的莲花，也不是我喜欢的
我独爱一枝枯荷
像古典的墨，挺立
在我的画布上
一点孤独
一点傲气
一点焦心的愁绪

早晨

这个时候大地潮湿
雾在升起，遮蔽梦的出路
我行于浩荡的水上
思念越淡
黑暗脱落得越彻底

这夜

我爱这夜色
少许的雨落下，一部分蒸发了
粉红色的睡衣、窗帘
以及睡衣下摇摆的春风
轻吹着空洞、饱满

我爱这夜旦的车
雪白的车灯顺畅转过弯道
多么不易——
它就要驶上高速公路

一场大雪

这就足够了
一生中有这样一场大雪
桌上的咖啡冒着热气
这就足够了
有一个人，侧着身子
向着荒原中如豆灯光赶来
这就足够了
有一粒雪，就会落在我的心尖
消融

大海

我只能描摹它的深刻
一点也进入不了它的内心
我只能叙述它的速度
它的庞大、无章法
却把握不住哪怕一朵浪花
我已经画下它的回声
却无法画下一粒盐

今晚的月亮

今晚的月亮是我的
今晚所有月亮是唱给我的
今晚的月亮静止
它死去过，但必定在今晚复活
我拉上薄纱窗帘
把今晚的月亮，独自
留在空阔的夜空中
一个人，好好地想它

我还没想好

一分钟太短了
一分钟也太长了
你可以拉着我的手
往哪个方向跑
都会到达春天
都会到达温暖的花房
只是，我还没想好
一分钟根本不够我想
我还没想，是不是该想
一分钟就碎了
碎成一地的盐和月光

花事

一直到栀子花开过，谢了
我才明白，满园子的花
有自己的姓氏。秋风落在树枝上
一遍遍梳理鸟儿的羽毛
我也不惋惜
那一枝未及送出去的无名花
我多想唤它作女儿
把它别在我的手腕上

秋声

一只蝈蝈蹲伏在草丛中，打磨
声音的发簪。火车驶过廊坊
田地里的农民头也不抬一下
黄河又要干了，孩子们
沿着河堤疯跑
父母胸中汹涌的哀愁
他们不可能读懂
我们也不可能读懂，越升越高的
北斗星的静默
一杯印度茶，刚沏好迅速就凉了
整个下午，我画不好一条
细细的　时间的皱纹

一阵风

一阵风，和
另一阵风
纠缠在一起
撕咬在一起
一时无法拉开它们
它们一半是对立
一半是相互支持

月光

月光，露出
一排雪白的牙齿
先是咬下一盏路灯
它的苍老因此付出代价
然后，是一袭树影
多年的名声毁于一旦
月光，就要向那座楼下手了
那扇彻夜不眠的窗户
就要被封存
那一位在床上辗转反侧的人
那一颗火热的心
就要慢慢变冷，变老
月光，唯独忽略了
那窥视一切的星星

石子

它向往柔软
它要长大
它要从自己的身上
再次长出芽
它要证明自己的前世
它要打开尚未冷却的心
它要把自己扔出去
它要做梦
它要逃走
从一条河流的身边
它已经长出一只手
已经探明了春天的方向
它还在等待
再长出双脚
再长出双唇
它就能够安心地
依在河流的波心
它要再长一副心眼
它就甘心于命运
做它的小小的一粒
坚硬的石子

访俄诗抄

轩辕轼轲

上帝的旗帜

只有被教堂的尖顶
挑起时
鸦群才猎猎飘扬

你见过大海

闲聊时
韩东突然想到
一个新剧本的道具
便问沈浩波
装30万需要多大的箱子
沈浩波用手
比量了一下体积
韩东笑道
“你见过大钱”

谁是俄罗斯最好的诗人？

在诗人安德烈家中
我们边喝伏特加边谈诗歌
沈浩波问谁是俄罗斯最好的诗人
安德烈和基马
异口同声地说“Я”（我）
大家哈哈大笑

沈浩波又问“除了你俩之外呢”
这回基马沉默了
安德烈一指
刚刚给我们做了午餐的妻子说
“娜斯佳”

东方美学

天天漫天飞雪
俄罗斯人
根本没有打伞的习惯
入乡随俗
我带的一把伞
也从未
在俄国天空下撑开
倒是每次安检
都成为主角
从文化自信的角度看
它的唯一功用就是
和背包另一侧的旅行杯
对称

叶赛宁的遗迹

我们入住的宾馆
ANGLETERRE HOTEL
叶赛宁曾住过
进来后
我就四下打量
看看有没有他的遗迹
里所在走廊里说
“墙上的画好奇怪啊”
然后她到沈浩波和我的房间一看
床对面
也是一张舞蹈的图片
而且舞者是黑色的
我突然想到
邓肯就是跳舞的

普希金的后辈

安德烈和基马
聊起普希金和丹特士
很是不屑
觉得决斗这种方式
实在是太out了
“我们已经给愤怒
安上调节阀了”
安德烈边说
边用粗大的指头
摁自己的胸脯
他的夫人娜斯佳
猛一抬手
捋下了
沾在他胡子上的奶油

俄式淡定

存行李时
窗口的俄国姑娘
说李寒的第二个行李
得另付七千卢布
于是李寒
去找她的领导交涉

一问说不用付款
李寒回到窗口
对她说“俄航不是允许
每个旅客托运两件行李吗”
那个姑娘淡定地说
“是的，可以了”

俄国阳光秒杀河南曲剧名角

从尼古拉海军教堂出来
大雪如席
我们赶紧钻进车
穿过海底隧道
芬兰湾顿时艳阳高照
这一出《卷席筒》
麻利得
使海连池相形见绌

读一卷书，行万里路

西方油画史上
被描绘最多的是耶稣

中国绘画史上
被描绘最多的是山水

旋转门

我们到了大门口
李寒和里所还没出来
沈浩波说“我去找找”
然后他一进去
李寒和里所马上出来了
过了一会
翻译玛莎说“我去找找”
然后她一进去
沈浩波马上出来了
跳蚤市场门口
仿佛有一个看不见的旋转门
吞没一个人
才能挤出来一个人
我们不敢进去找了
就站在门口喊“玛莎”
果然声音一进去
玛莎马上就出来了

深喉

莫斯科地铁
是二战时防空洞改建的
堪称史上最深入口
随着竖起来的人流
快速降落时
都能感觉到地球
吞咽的唾沫了

在普希金塑像前

看到普希金
想到一件旧事
高中时
我向同学张凤国

借了查良铮翻译的
普希金诗集
每次他要
我都拖
实在拖不下去了
就还给他
再借
到最后
他都不好意思
让我还了
和塑像合影时
我也感到了
不好意思
普希金你看
我活得比你大
可暂时还
写不过你

只生一个好

劳莎说在俄罗斯
很多家庭只要一个孩子
自己也是独生女
从容说是不是因为负担重
她查了一下负担的意思
然后重重点头
从容说不是生二胎
俄政府有奖励吗
她说才30万卢布
太少了
然后重重摇头

按图索果

沈浩波李寒里所
三人到新圣女公墓
冒着刺骨的严寒
看了契诃夫布尔加可夫
马雅可夫斯基
可没找到
他们最想看的果戈理
一问才知
墓前的头像
换成了十字架

莫斯科折叠

昨晚我们在国立图书馆
开朗诵会的时候
克里姆林宫
正灯火通明
进行世界杯抽签仪式
大小罗都来了
在他们眼中
诗人不算球
在诗人眼中
他们算个球

每隔几分钟就忘揎一首诗

感冒好了
沈浩波诗兴大发
在去彼得堡的火车上
奋食指疾书

他告诉我
这都是几天来
贮存在脑子里的
不过有的记不清了
“每隔几分钟
就忘掉一首诗”

看叙利亚盲童在废墟上歌唱

灯灯

鸟叫

鸟的叫声里有沙发、光线、窗户
我们各取所需
鸟的叫声里，有救护车、轮渡、弯道

树枝在上
我们在下

鸟啊，一直忽上忽下……在鸣叫。

看叙利亚盲童在废墟上歌唱

她看不见的天空，是我们看见的
我们以为神不在那里
但一个盲人女孩相信了，她抬头
确信歌声
去了神的居所

我从她的笑容里取出花朵，从废墟里
取出哭泣
我从我中取出自己
——毫无疑问，我是盲人，而她不是。

白

只有白发能和月亮较量，一个在人间
一个在天上
一种白
对抗另一种
梅花落时，也是白的
张枣说：
“只要想起一生后悔的事
梅花便落满了南山”

——我不后悔，我不知
南山何处，不知南山何处而我
看见
梅花落下：

白，还是白……

东窗微亮，所有和我一样的事物
白中：正慢慢获取它的耐心。

摸河蚌

河蚌闭口不谈。走向水潭的人
带着淤泥上岸
月光照耀着大地，月光继续照耀
第二天

河蚌闭口不谈。摸河蚌的人
梦见淤泥上岸

淤泥直立，河蚌起身
——它指指月亮：从怀中摸出珍珠。

布谷，或三角湖

——兼致女儿

你不知道，我去了三角湖
布谷仍然叫着
不是我熟悉的，一声平，二声拐弯
而是三声突兀，四声不知所踪
——亲爱的孩子，我不会和你说到这些
我不会说，河水上涨
水杉树因为旧疾
在我看见时，仍是旧伤未了，但枝干挺立

不，不。我不会和你说到这些
亲爱的孩子
我不会和你说，春天到了，有些事物
过了冬天
就有了阳光的力量，就有了
仿佛——
新生的力量，我也不会提及
水边有座房子
温暖的房子

红色瓦，白砖墙，我更不会说到
窗口一直向南
渔夫清晨驾船，朝太阳升起的地方
日落而归
在太阳消失的方向

——我不会和你说到这些。甚至
我也没说到
炊烟（你不会懂得，炊烟意味什么）
说到渔夫
在暗淡的灯下
又喝了一杯

我仍和你说到布谷。亲爱的孩子

说到我们
离三角湖
已远
你没看见时，它在那里
我看见时
它更在那里

我还是和你说到布谷，说布谷
叫着
河水上涨
但布谷叫着，不是一声二声，而是三声四声

是三声四声
——是我作为母亲
告诉你的（尽管我也不确信）：

三声激昂。四声探寻。

花香似斧

梅花之后是樱花，再之后是油菜
紫荆开放的日子
通泉草一直开到坟头，反过来也一样
诸葛菜，婆婆纳，吊竹梅，长寿花
它们一朵一朵
来到祷告……

祷告是什么？

三月，花香似斧
流水不腐

我记得，我或许根本
不应该记得
养蜂人在春天的中心
蜂箱沉重
世事清浅

我是如何记得？
很久以前
……亲人，朋友都是增数。

皇冠

如果婆婆纳能给我教诲，它正转动
深蓝的大海
那么油菜花也能够，金色的皇冠
是你的王国
也是我的——

我苦于深蓝之中，那些过渡的蓝：
浅蓝，淡蓝
我苦于说不出深蓝的声音
那些，星球转动
眼眸深处
岁月的咯吱声

而油菜金黄。风吹过
金色的村庄，人群，金色的声音
盖过所有响动

有声音在说，说：
“请戴上你唯一的皇冠。”

月亮半径

月亮的半径里有什么?
当你预设，但不设防：山河常在，鸟的叫声
像催促——

月亮进了云层仿佛
石头，深埋了脸

半生过尽，多少次月亮缺
月亮圆
我什么都没记住
但我记住
月亮

向深山，深埋了脸……

赝品博物馆

冯娜

你的手

你在梦呓中抽走你的手
——仿佛从我头下抽走了许多夜晚
仿佛，也宽宥了所有尚未成形的梦寐

你的手比你的言辞更快地接纳了黑暗
它抹去了声音里的尖刺
抹去了我的羞愧、恐惧、突兀的喜怒
仿佛它总是醒着的——
你的手，比你更平静地走向我

有时，我独自坐在世俗的椅子上
想起你的手，它端着杯子
它按下一个又一个黑键，“保存”或“删
　除”
它在冰冷的风中，在陌生人的街区
在我触碰不到的时间里，
它替我理解了你的生活

在我熟睡时，它重新回到我的头下
仿佛填平了梦与梦之间的隔阻
你的手
仿佛可以成为我的手

没有去过的地方

山谷最优美的季节最清寂

婴孩的呢喃含着繁复的谜语
老人并不知道亲眷最终的下落
寡言的男人没有去过圣城
一个女人拦住我，问我是否希望重返青春

未撕下的日历上，有人在测算温差
陌生人种下的树影，覆盖正在消失的下午

我有一件没有收进屋的衣裳
有一首诗没有写完
我还有一些没有名字的时间
那是我们都没有去过的地方

驱车过喜洲

这里的残雪都可以叫做苍山
这里的风都是洱海的船艄
这里圣贤独居
好汉也隐姓埋名
我武功尽废，驱车数寒星
西伯利亚的群鸥中是否混入了一只青鸟？
浪子燕青的箫声收紧了车轴上的速度
百步穿杨　谁和谁
曾与这喜洲交手
喜洲水冷
也可以叫做梁山泊

龙山公路旁小憩

近处有松树苦楝树　我不知道名字的阔叶树
它们高高低低交错生长又微妙地相让
大地上腐叶正顺从着积雪
我知道之后的岁月
是孤单难以自持的融化
是寂静无声的繁华
是风偶尔打乱高处的秩序
也依然是枯荣如年轮滚动
一世重叠着一世碾进沉默的土壤
那种感觉也许就像——
我坐在公路旁听人说起天葬

无证之罪

我曾目睹一只老鼠的死亡，在一堆下药的谷物前
我曾目睹一只山羊的死亡，在磨出豁口的刀刃间
我曾用一块石头堵住蚂蚁松软的巢穴入口
我曾绕过一座拥堵的大桥，听说有人一跃而下

我曾在冬天取走了一个人的誓言
被爱的人，早就学会了作伪证
整天拿刮着镜子背后的水银
离开的记忆，在玻璃上流连了一会儿

我也和诸多幸存者一样，戴着皮手套
在数不清的声音中翻检稀薄的光亮
偶尔敞开一线房门，端坐
像一个等待着浪子归家的慈母

赝品博物馆

怎么能展览心事，在满是赝品的博物馆

一个声音在暗处说，“忘记你见过的一切”
历朝历代的纹饰珍藏着每一根线条的记忆
我找到过打死结的部分

古代那么多能工巧匠，奔走于作坊与画室之间
在器物中哑默的人，在一张素帛的经纬上面
怎么能铺展心灵，对着流逝

——他们能理解一个诗人、一个相信炼金术的后代
还能通过肉眼甄别瓷器上的釉彩
我们拥有相同的、模糊的、裸露的时间，和忍耐
也许，还拥有过相同的、精妙的、幽闭的心事

相互压缩的钟表，每跳过一格
就有一种真实冲破坚硬的铜，锈成晶体
赝品摆在赝品的位置上
不理会人们的目光，带着传世的决心

美丽的事

积雪不化的街口，焰火在身后绽开
一只蜂鸟忙于对春天授粉
葡萄被采摘、酝酿，有一杯漂洋过海
有几滴泼溅在胡桃木的吉他上
星辰与无数劳作者结伴
啊，不，赤道的国度并不急于歌颂太阳
年轻人只身穿越森林
雨水下在需要它的地方

一个口齿不清的孩子将小手伸向我——
有生之年，她一定不会再次认出我
但我曾是被她选中的人

夜奔

听说你们连夜搬离了北方的住所
巡夜者并没有打着灯笼
你们手把手焊接的栏杆，又冷又硬
像地图上垂直的河流，发亮的坚冰

日历牌翻动着呼吸的利润
大排量的卡车，正在驶离光滑的街区
你们的南腔北调阻止了你们说话
——语言剥夺了人更多的自由

道路四通八达
灯火漫过你们所要投奔的方向
一切正在来临啊，一切正在逝去
滴着汗的人
用一个个蛇皮口袋，填充着新世界的空当

在博物馆拍摄一幅壁画

如果那衣袍穿在我身上
如果那乐器抱在我怀中
如果那呼吸吹到我眼前的人
如果那手臂的弧度刚好握住流云
如果我每一步都踩着那碎裂的沉香

我的额头是不是应该低垂
我的眸子是不是应该饱含泪意
我周遭的气韵是否要由一头白象来决定

如果我只是爱情的一种象形
你还会不会，会不会爱上那壁画中人?

边境

走得太急，我会是你的诺曼底
走得过慢，我便是你失守的珍珠港
河水是一群马，保持着船只的速度
我挑中其中一匹，骑上它
穿过中越边境上此起彼落的吆喝声：
“女士，买一个戒指吧
——他将牢牢戴着你的爱情”

夜访太平洋

礁石也在翻滚
前半夜，潮汐在地球的另一面
它也许拥有一个男人沉默的喉结
但黑色的大海压倒了我的想象

我不应该跟随谁来到这里
太平洋被扇动着，降下一万丈深渊
我每问起一个人的名字
就能送回他的全部声息

我突然想平淡地生活着，回到平原、盆地、
几棵树中间
我怜惜海水被永恒搅拌
另一个诗人也在岸边，他看着我跳进一半残
贝
他不会游泳，更不准备长出尾鳍
我的进化加速了珊瑚从红色中挣扎而出
礁石也在翻滚
一块鳞片一块鳞片地砸疼我
沉默的男性是否早已放弃两栖生活?
他不伸手，不打算拦住一个浪头斩断我的触
须

我为什么来到这里，荒凉的大海荒凉的深夜
谁邀请了一个被波光蛊惑的女人
她为何违背请柬上的告诫，跳下礁石
没有人告诉她日出的时间
她只好站在一滩水里，不敢游得太远
和男人一块　反复地等

陌生海岸小驻

一个陌生小站
树影在热带的喘息中摇摆
我看见的事物，从早晨回到了上空

谷粒一样的岩石散落在白色海岸
——整夜整夜的工作，让船只镀上锈迹
在这里，旅人的手是多余的
海鸟的翅膀是多余的
风捉住所有光明
将它们升上教堂的尖顶

露水没有片刻的犹疑
月亮的信仰也不是白昼
——它们隐没着自身
和黝黑的土地一起，吐出了整个海洋

长城印象

北方的山，不到冬天就冷得硌人
石头用来砌长城
所有可能受孕的树
也都要舍下藤蔓，硬起心肠

把一朵野花簪在烽火台上
如果她曾有过爱情
那个名叫褒姒的女人
我在静得发抖的断垣上走
脚下睡着那些古老得，我们愿意轻信的事物

——这是我对长城唯一的印象
我一直在它硌人的心口上走来走去
一会儿搂着火一会儿抱着冰
反复舍弃，其余的印象

安康居

李小洛

运菠萝的卡车

我不知道那些运菠萝的卡车
是从哪儿来，那个站在卡车上
兜售菠萝的人又是从哪儿来的
这些卡车，运来了一个城市
热闹的黄昏，和一群
围着卡车挑选菠萝的人
可是，曾经在房间里
和我分割菠萝的那个人
他已经走了
他临走时告诉我
步履要慢，步履要慢一点
再慢一点：急喘的小河啊
很快就走完了青春
火车跑得那么快
也不能一下子，就把一生的隧道
一生的黑暗都走完
他让我多想想草木、植物们的一生
想想山坡上那两棵挺拔的乔木，它们
一生一世也站不到一处的
快乐和痛苦
现在，秋风已淹没了村庄
田野上空无一物
从北方开来的卡车
早已运走了他的禾苗和庄稼
他或许坐在一片果园里
或许去了小镇上的邮局
也许又骑着车子
经过了湖边

一个人装作不经意的样子拍着
另一个人的肩膀
就像当年在唐朝的流放地
在昏暗的客栈里
那个醉倒在村头的诗人
退掉了帝国的聘礼
和麻雀和乌鸦们，混在了一起

解放路上的合欢花

我相信，每个城市
都有一条解放路
每条解放路
都必定遍种合欢花

灿若云霞的合欢
在五月，奉旨盛开
届时，整条路都是香的
整座城都是香的

在一张陈旧的中国地图上
我反复标注，丈量
计算一条路上
你出现的概率

虽然现在还不到春天
一条幸福的路
也还正在建设当中
但如果彼时
在那座至今仍
孤身一人的小城

长安以南的微雨
阵风。熟悉而陌生的
花香里，我要如何
说服七月，一只鸽子
与我同行

在街上看到一个熟人

在街上看到一个熟人
一个上次也在场的熟人
就看到十月的雨天
下雨的一个早晨
你披在我肩头的毛衣
温柔向下的水滴

那个人其实与这些无关
与后来的火车也无关
她只是存在于一个早晨的背景中
孤独地走过了那个现场
甚至只像一滴雨水敲打在雨伞上
这时候，她只是一种突然的表情
让我站在人流纷至的路口
不知该快乐起来还是要更为忧伤

这时候，她只是
让我想起来
你说过会去一个岛上
那个地方没有楼房
也没有电话
我还想起来
距离这个日子
已经愈来愈近了

傍晚的时候

傍晚的时候，我离开了一群
上山的伙伴
一个人，去了山谷
一条只有荒草和石头的山谷
我沿着人们走过的那条小路
让自己安静下来
安静得像块巨大的尘土

天色越来越暗，越来越黑
风从低处吹来，吹过
那些荒草，吹动了
我的衣襟
在这个时候，我突然有一些恐惧
一些寒冷和失望
就学着松树的样子
对着天空三击掌

可是一直等到后来
深夜了
等到又一个清晨出现了
也还是没有听到那个返回的声音
在我的耳畔吹响

等一个人

等一个人，就去大街上
看看，在橱窗的玻璃前
照一照棉布的衣裙

等一个人，就去邮电大楼
看看，我不写信，电话里
我也说不清这个城市多变的气温
那些穿绿衣服的邮差们，忙出忙进
我只是一个过路的人

等一个人，就去车站的候车室
看看，看那些可以抵达的
车次，有没有更换或者删减
人群中或许能有几张亲切的
面孔，能有一群北回的雁阵
它们有一些温暖的翅膀
我却不能借来去找我爱的人

等一个人，就要恳求冬天的太阳
不要走进黄昏的丛林，就要等到屋檐下
冰凌开始融化，蚂蚁们也搬进新
房子，那只在老家的春天里衔泥的燕子
也嫁给了幸福的陌生人

在这个好的春天里

一些前所未有的好天气
来到了这个春天
风从林子里穿过去
发出好听的旋律
火车在山河上跑
祖国的田野长满了整齐的小麦

一些好消息提前来到
远方的客人正在走出站台
看海的老人看见了大海
想家的燕子飞回了旧都
那个肩披丝绸的女子
也终于找到幸福的小旅馆

这个春天真是个好春天

是个好得总是让人想起来要
干点什么的好春天
于是我坐在院子的藤椅上
看见了那些睡觉的太阳
看见了它们和我一样懒

比如秋天

这个秋天有很多事情
都出乎意料，超出了
以前的想象
比如天气
比如太阳
比如你让我看见
秋天的凉
挂在邻家阳台上的毛衣
温柔向下的水滴
另有一群月光溜进了厨房
在那里打闹，唱歌
把剩下的啤酒喝光
在影子上跳着苍茫的舞
踩着一些零乱的碎步

比如清晨说来就来了
和有些人有些事情一样
不打招呼，也不提前敲门
太阳跟在它的身后
跑进田野里去征收租金
征收一个正在地里拔草的男人
苍老的岁月和不幸的命运

比如你走的时候
陵园西路的树叶
还是绿的
街上的女孩子们还穿着漂亮的吊带裙
散发着春天和爱情的体温
可你走以后
傍晚就成了疾病
成了把我囚禁在荒凉和病床中的
借口和福音
台灯坏了
床铺上长出了巨大的蘑菇云
只有房东大声地笑着
大声地说话
把秋天的玻璃窗
突然间，摇出了镜子破碎的声音

缓慢之城

起风时
你又回到书桌边
你是否要想起一些什么
想起九月，莽草萋萋的
早晨和午后
缓慢时光中
你曾经路过的
缓慢之城

是否要赞美一些什么
那被秋风吹落的第一片黄叶
暮色中返程的公交车
南江河两岸慢下来的
青春与倒影

你是否会在北方以北
另外一条缓慢的小河边
想起今夜。想起九月
陕南。镇坪

南江河，深邃的夜空下
缓慢的月光与秋风
想起我们，一生荒凉的
执念和使命
想起一个人，和她的诗歌
那胜过人世一切的天真和恩宠

再一次经过加油站

那个下午我再一次经过
加油站的周围开满了灰色的花
那是生锈的工业之花
弥漫着汽油的芳香
我再一次经过
去加油站背后的那条小路
到达和你一起住过的深夜的旅馆
国槐树和白杨树摇晃着那时的枝叶
我翻卷衣袖，为你
递过一支下午的香烟
隔着窗子看你，低矮的玻璃
烟气随着芳香一起升起
我们沿着小路走向河堤
我又一次走近河水流经的低地
加油站在身后开着灰暗的黄昏之花
模糊的沸腾之花……

洪水过后

洪水过后，有人在沙滩上
捡拾瓦砾和酒瓶
有人守着退去的江水
清理道路上的泥泞，碎玻璃
果园里悬挂着夏日仅存的硕果
那在大雨中及时赶到，并
送来雨伞、食物和清水的人
我们曾彼此疏离

现在，洪水退去
我们珍爱过的一切
都失去了。包括
你曾去过的江边，第二十四步台阶
偌大的一座城，现在
只剩下了绵绵不断的七月
绵绵不断的江水和黑夜

生命中那些轻易消亡和隐去的
他们将永远地消亡和隐去
洪水过后，我们失去和得到的
只有我们自己知道，只是
我们却什么也不说

故乡道中

富有经验的白云
不一定知道此时此刻我该往何处去
湖面上没有一丝风，山林中也没有
过往的飞蛾虫瘿
未发出任何一丝声音
我去找他，是在找一个深深的死亡
一个峡谷，现在我允许他离我更近
来和我一起同饮

油菜花开的时节去看你

我所有的形容词
都够不到你
哪怕只是比喻其中
小小的一部分，也不能

一只女蜜蜂
带领着一只男蜜蜂
一只大蜜蜂
带领着一群小蜜蜂
它们刮起一阵金色的龙卷风
盘旋在油菜地的上空

四月的阳光恰好地穿过他们
四月的和风恰好地吹过她们
到达梯田的最后一道田坎
一个春天的故事就要从这里开始
每一朵小小的油菜花里
都将住进一个小小的
缪斯和爱神

金灿灿，大片大片
颜料桶里挑不出色彩
金匠铺子打不出的铂金
丝绸一般
铺满了整整一座向阳的山坡
无论是沿路攀登
还是拾级而上
这金黄的使者
总是紧紧地跟随着我们

口渴了，就去那河边饮水
天黑，就站在风中
开着开着，就开到了山梁上
开着开着，就开过了坡地边

翻山越岭的油菜花啊
一定有着和我们一样的远方和理想
不把这荒山野岭的春光都铺满
就绝不收兵回营

好吧，油菜花
加入到澎湃，年轻的我们
来吧，加入到我们
奔跑的队伍里来
春天，是一场
多么短暂而迷人的旅行

安康居

哪里也不去了，就在这个小城
坐南朝北，守着一条江
这是我最后的地址
一封信可以到达的地方

守着江水和两岸的秋天与渔火
看着寒风中的鹰、炊烟
棉田和菠萝。守着
麻雀的故事，老照片，邻居的旧生活

春天在安康，江南
江北，慢慢悠悠地长着
麦苗，水草在乡村、城池
慢慢悠悠地长着
这是我最后的地址
一封信可以到达的故乡

我一个人，慢慢悠悠地长着
变老了，左边的秦岭，右边的巴山
铁树，也在日复一日

慢慢悠悠地长着，变老

这是一个四季分明
雨水充沛的城市，我的
最后的地址，有樱桃
燕子、诗行和自由
两岸有一些和我一样的人
走过平平仄仄的大街
走过抑扬顿挫的小巷

哪里也不去了，就在这里
坐北朝南，守着一条江
守着我的土地，我花园里的
花，我的榉树和香樟

这是我最后的地址
一封信可以到达
一封信也不再到达的地方

去火星旅行

杨碧薇

夏日午后读诺查丹玛斯

隐喻放之四海而皆准
但对于星辰，上帝只准备了唯一的酒杯
别指望预见就能抵挡
哪一次大灾难，不是借着宏伟的描写
才使枯玫瑰错彩镂金
我一寒战，回视窗外树叶，正向高原阳光
施加倾城绿意
这个宁静的午后
刚复活的宫殿，被盲视的幽灵挤满
知识分子在CT室照脊椎
布衣在尘世的幸福中自寻烦恼
匹夫在纸上谈兴亡

蔷薇

那时，她还没有立志做一名古都潮女，
戴CHANEL墨镜，蹬小羊皮猫跟鞋，
所到之处尽镀YSL黑鸦片香。
那时，土地只会素面朝天，
花是花，刺是刺，香是自己的香。
她一出生，就与万物是好邻居，
向它们学习与风缱绻，
分享暮色中微粉的眩晕。
那时她以为时间，会对初夏的浆果网开一
　面；
而黄金海岸，一步步走，总会在眼前。

现在，江山平添浩荡

远方，也不甘示弱地浮现出
潜能里的浑浊，
唯有宇宙，依旧在唱疏离的歌。
她呢，正把滴着浓艳的怒放投注到
已崩解为负值的沉默里。
呵，该换新旗袍啦，又是一年无用之春。

山坡

暮光浮在红蜻蜓
散漫的飞翔上，
光的重量和蜻蜓的翅膀近于无。
整个世界青山辽阔，毫无道理。
我看得出神，没注意母亲的唱词
拐了几道弯。

我们身旁，胭脂花沸腾的紫红色，
把泥土的手心滚得又香又痒。
风正在降温，
远方，还在向梯田派送伞兵。
母亲说：天快黑了，该回家了，
我便跟着她往家走。
她的大裙摆沿着小路飘啊飘。
二十年了，
今天的风使劲儿凉，夜空也再不见星星，
我终于一点点忆起她裙摆舞动的弧度，
那么朴素，那么洁白。

北京春天

被严冬紧捂口鼻的婴儿，
终于转过头，舒了一口气。
春天，从北京城的耳垂、指尖、腰，
从它初醒的脚踝上生出枝蔓。
该青的青，该香的香；
该嫩的拉住风的衣带，任性地打秋千。
杨絮写下第一首自由的诗，
樱花把寺院红墙当镜子，
蘸上春光涂胭脂
——从车窗内往外看，
她一晃而过的侧影是一支
媚得惊心动魄的琴弓，
此刻我心口的弦恰好微微一颤。

多么久违：天空，幸福，尘世的匕首。
多么永恒：绚烂中的悲，深海里的静。
因为短暂，北京的春天才倍显珍贵：
这些魔幻的生长将魔幻地消失，
这些丰富的层次，会很快被削平。

故乡

那一刻独属于你：
你踮起指尖，一点点揭开天空的金箔纸，
抿到黄昏刚出笼的草莓心。
之后，整个夏季被加封透明的唇印，
广播唱词击中另外的少年，
护城河畔荒草淋漓，鸽群飞进了时光的抽屉。

总会有时因自由而苍茫，
总会有时因辽阔而悲伤。
总会有时，北方冬夜的琴套抖不出一颗星辰，
那一刻就涌来，轻敲梦之门。
河山万里，轻舟如梭，

你手持钻杖回归襁褓。

要么，要么

我把篓满水分子的花蕊，
一根根，从仲春的腹腔里拔出来，喂你。
我把小心藏好的婉约，
从游动的蛇蜕里抽出来，缠绕你。
我满世界奔跑，揽住南来北往清风，
鼓起腮帮吹向你。
我唱歌的声音，
从嗓子眼里抠出来给你。
我的骨头，铿锵而闪亮，交到你手中。
骨里的蜜汁、香氛、血丝、野蛮，
全部倒出来给你。

我并未因此就
变得匮乏。
因为你也把你那些
陌生的亲近的，好的坏的，有力的软弱的，
光辉的，可笑的，统统挖出来，
环绕我，填充我。
你一边耕耘着大工程，一边耳语我：
“我的公主，你多美呀！”

直到我们疲惫的手轻轻扣在一起，
巨大的静，简直要盖过空的风头，
无悲无喜的大河在我眼里流动。

哎！冤家，禽兽，黑桃K，
我戴罪的小羊羔，
这年头，所有的不确定都是轻浮的伤害。
那就这样吧：咱俩，要么天各一方；
要么，就爱到死。

桃花潭平安夜

焰火升高。点亮暮色的鲁冰花
在光的制高点，俯视
生态餐厅里的我。我抹在碎片上的记忆，
被从天而降的迷离拉着，
还在往下沉。

你那边有热闹么。我已离你太远，
没有约定过重逢。我也不再
去追问意义，不再有冲动想去把
经历的残缺修补一遍。
我们带着错误上路，还将
接纳更多的浮尘，在路的尽头，这一切，
来不及清理。但局部的平安
仍令我感动。这些年的平安夜：
北京、西安、海口、昆明……
继续往前探，在一个叫百标那楼的村庄里，
人们仰头齐唱赞美诗，盼望充满圣殿。
满天星辰，把翻新的世界，
温柔地抚摸一遍。

我曾在那里获得安慰。
多年后，我也会记得今夜，
在桃花潭，风小跑过湖水，
半个夜空花团锦簇。
这般盛大时刻，我走进宁静深处，
想起了你。

去火星旅行

那里一定有座巧克力做的小山，
我们不会饿。你甚至喜欢我微胖一些，
穿牛仔裙的样子。

每天清晨，戴软毡帽的乌鸦，
衔来新摘的小闲情、小痒痒，
它粉色的翅膀擦着我发梢，
它说：“小姐，你早。”

再没有其他人啦。
你尽管高兴时吻我，生气时也吻我。
电影院设在河流中，
并肩坐在河边，就能观看许多
宇宙的故事。宇宙的姑妈、小表弟、老舅的故事；
宇宙那位坏种同桌的故事。
看到相爱的情节，我们就羞啊羞，
变成两块小石头，钻进草丛说悄悄话。
那里呀，星空比爆米花甜，
树叶都是蓝花布。

我们还打跑了从黑洞来的海盗，破解了寻宝图。
拉钩起誓不挥霍宝藏。一切已够丰饶：
不吵架，不欺骗，不衰老，不厌倦；
不会生病，
偶尔会疼。
谁突然疼了，允许谁大哭一场。
……好吧，为了那一天，
我会努力活得更久一点儿。

我爱飞机，我爱船

我爱飞机，我爱船
我爱镶在远方帽檐上的，每一粒水钻
我爱你故乡的木瓜树
生气时皱起来的粗眉毛
爱亚马孙部落永不重复的纹面
还爱暮晚的手鼓声
它们用清贫的节日送走又一个白天

我爱手枪黑色的皮衣
更爱它体内含着泪水永久罢工的子弹
爱总在烧烤摊记账喝酒的吉他手
更准确说，是爱他那双对琴弦满怀情意的手
现在，我开始爱不可调和的侧面
爱参差不齐的痛苦
爱我们身上消失的往者、合法的情人、潜在的叛徒
我热爱这一切，不只是为了活下去
我知道，真正的幸福极其缺乏深度
它扁平的通道，会取消我复杂的迟疑
我的热爱，要确保与幸福
所褒奖的一切对立

我爱飞机，我爱船
我爱每一段行程，不可到达的彼岸
我爱它们给我的欲念，给我的炫目和高傲里
深埋的冷清
我爱的这些，都没有价钱
和这首诗一样，对这尘世而言
也无关紧要

春夜，漫步无锡古街，遇阵雨

整条道路的流光骤然拧紧
急雨，将人群从街中心拨成两瓣

在屋檐下斜倚窗格
米字形黑暗，如你精灵般的耳朵一只只竖起
就着局部的亮光，你领口香烟味
从昨日横穿过

瓷茶杯今日的裂纹

这场雨暂时不打算停下了
对面酒吧里声渐加重的《十年》也是
越来越多的避雨者跟着唱起来
我没唱
我仅存的一点回忆正踩着水花
在陌生的雨帘里奔跑

琥珀

肖水

菖蒲圩

祠堂里，只有你一个人在写春联。隔着山都能听到冻雨的声音。弯塌的
竹尾，好像笋衣散开的马鬃。母亲小心地，挖出炭火中埋了一夜的红薯，
焦酥的皮上，还闪着未燃尽的谷壳的微光。那时，雪如细沙，在天地的缝隙里
撒个不停。等香椿冒出尖，等我们再大些，你是时候想想和我结婚的事情了。

乌米饭

他们从未见过面。那年下了大雪，他决定和一大群人去大报恩寺跨年。
读秒的灯光闪得很快，时间似乎是随着叫喊，从人们身体里瞬间就跳脱出来。
然后，他慢慢走到秦淮河边去。对岸的树枝压在水面上，水波皱皱的。
夜出的翠鸟，像再一次击中护栏的碎石。他给他写信：南京很近，也很远。

博尔赫斯

我进来了，门口这一桌。我这次坐在了你坐的位置上，
我看见自己坐过的地方，空空。那么多人

爱你。可能复杂的故事里，都没有特别好的人。
爱的外衣鲜艳如云，河面的木舟是一九九五年的火车。

百花庄

那已是己丑冬。天色如遗物。雪在屏风后，慢慢替换掉
树枝上蜿蜒而行的人。豹持扇，岭坳之间的蜜帐，散发着
甜辣的芳香。梨碗停于桌上，福禄寿禧，句意冲和又显寂静。
提笔落笔，纸仿若身体的界桩：烈酒杀霜迹，微光渡鸟声。

大荒南经

你须识得我，挽起白色的马鬃。假定
坍塌下来。假定一切皆不可能。我唤：谷物，水仙。
你收拢鱼竿。恻隐之心已惴惴不安，还要在脊背中线画满火苗?
且为我划开桌上的呼吸声，为我妄想，徐徐返回人形。

醍醐信

车沿郴江而行，一路上都看不到江面。偶尔出现
几个冬钓者，都一动不动。钓竿的弧线，发涩，变细，仿佛即将枯断。
我要到对岸的中学去。远远地，穿蓝校服的人，从楼群的缝隙里，涌出来，
松垮开拥堵的路面：车辆像积木，堆上屋顶，并可能很快就补充进干涸的河床去。

梦师经变

有两句对白，讲到了桃李无相。还密密地唱道，那夜桑叶翻转过来，
静卧的蚕虫，其实戴着缎制的乌巾。石榴在下坡处被抛下，杆顶的酒幡
如癫醉般，传送过来几缕素面清风。她对那窗外唱戏的人生了好奇。
她扯下浴巾，擦了擦头发。昆剧院的灯火沿着一条蜿蜒小路折转而上。

芽衣

有时候，你需要少一点爱。你恰巧梦见了。一把
冒烟的剃须刀。树木，无数树木，在你身体上，应声被伐倒。
院子。孔雀转动精致的五官，几丛篝火，泼上半夜的凉水。
渐渐停顿、平定。我想起，我们可能像不完美、不静止的山丘。

文生修道院

大运河。大运河，如一条拉链，空落的观看者始终都在
景物的外面。运煤船已驶离桥洞，他们顺势走到了樟树林里的
旧修道院门口。维修工举起长长的刷子，墙上那些树的阴影，
一遍一遍被涂抹，又一遍一遍，像很快就能被解救出来。

琥珀

他身上冒出白烟。火车已过去几分钟，
但他仍裸着身体，在床沿坐着：雪在
脚踝处舔舐，痒痒的。一定是有什么
咬住了门缝，回忆的细节，皆如此地
不成功。缓慢伸手、收回，空气晃动
那些简陋、来不及吃的食物。曾听到
的歌曲都空荡荡的，玻璃外雪松间的

界线，依旧陡峭。虽然天气晴好之时，梨花也不灼人，一些影子也并不落在地上。但对着紧蹙的床单铺开的朗读似乎纤弱了些，仿佛有人拆散了所有声音里的灯光，再往带尖顶的屋顶上转移了一些发黄发涩的石头。鸟雀们吞食的太阳是褐色的，季节并不变换，烟头也永不会被掐灭。他打开莲蓬头，速度如一种禀赋：从对面走过来的人，快过滑滑梯的人。而一些虚晃的想法，依旧绵甜地叠加于同一体量的词语上。肉身如何冷却，油脂状的废墟如何是唯一可被适当表达的仓皇？他湿漉漉地回到床上，像有黑色毛发的一束花。电话迟迟没有来。他跳起抖动被子的一角，被分离出去的棉絮，重新回到抬升的屋顶。接着，沿着山脊，月亮就要升起来。月亮在故事里呈现一种与他相反的意义。

肖尔布拉克

刘年

壶口瀑布

黄河水，像狮吼一样，带着次声波
听久了，让人受不了，离远一点坐，还是受不了

很少有游人，在壶口瀑布边坐上两小时的
帮我拍照的保安，31岁，头发就白了一小半

半夜过了，临汾的309国道上，还有几百辆运煤的大卡车
首尾相接，组成了另一条黄河

一辆打滑的红岩牌货车，在青铜沟
形成了另一个壶口瀑布

临汾颂

货车庞大、蛮横，我怕它们，但不嫌它们
上坡的重车，冒着青烟，停停走走
那是背负全家生活的男人，在喘粗气

一个穿着波浪裙的女子，爬上了车
理解长途司机，常年与坚硬的
变速箱、水泥路、交警和煤老板打交道，需要慰藉
但还是有些惋惜，那好看的盘螺髻

到车头发现，她就是师傅
玲珑的女子，驾着三十吨的红岩运煤车，出了韩信岭
中原大地，明显在震动

末路

过狼家岭，不停，过梨树堖，不停
过数口破败窑洞，不入

行十余里，遇一疯癫农妇
哭诉医疗事故，不理
又行十余里，遇担者，卖豆腐，不问
穿酸枣丛，尖刺密布，如穿敌阵
血从手背流出，不顾
摘数枚枣，酸涩少肉，不弃

又行五里，抵一无名山头
路，戛然而断。有枯蒿遍野，有野鸡惊慌
有无人涉足的雪，深厚，沉静

有唢呐，如羊肠小道，袅袅递来
除帽，整理衣领，肃立
目送红日，徐徐埋入黄土

长啸数声，四野不应
循原路返，行五里，如芒刺在背，回首
有明月小如泪滴，悬于太行山上

仿蒋捷听雨

少年听雨如念诗，有点押韵，有点抒情
仄仄平平仄仄平

中年听雨如念经
不生不灭，不减不增，不垢不净

晚年听雨在床上
一点一滴，一点一滴，滴入血管无声息

牦牛颂

牛皮帐篷里，女人将牛粪撤出炉子
用淡去的炊烟告诉远方，牛奶和牛肉已经备好

牦牛们引领着男人，缓缓归来
这些高原上的神灵，鼻孔里都没有绳子

风溪

女人在上游洗尿布，老和尚在下游洗袈裟

女人端起塑料盆，要去下游
被老和尚阻止了

“尿布，是小一点的袈裟”

他们走后，来了一群麻鸭，洗脚，洗翅膀，洗嘴

监控回放

轻轻地，从地面跃到十九楼的楼顶
男子张开双臂，稳稳地接住她
拥抱，接吻
阳光妖艳，画质清晰，鹅蛋脸上，看不出一丝裂缝

肖尔布拉克

阿吉把碱草编成辫子，喂给他的绵羊
当然，不编，羊也吃得很开心
但是他喜欢辫子
肖尔布拉克的姑娘，都留着辫子

不编草的时候，他会扔石头
反复地捡，反复地扔
有时候，会扔出很远，很远
也不为了击中什么，只是为了听到一些声响

纸歌

纸上有深雪，一千多平方公里
每一步，都须小心，纸上有悬崖，有十面埋伏
字，是留给追捕者的足迹

夜，越黑，纸，越白

凌晨两点，纸会发出月光
凌晨四点，纸会变成一面镜子，照出你的苍老和羞愧

君不见

有人以石磨石，有人以铁打铁，有人以水洗水
有人以命依命

有人质问怒目金刚，有人跪求低眉菩萨
有人煮沙为馔，有人抟沙成塔

有人以头颅对雨，以头颅对墙，以头颅对痰
有人以赤脚走地毯，走完地毯走泥泞，走完泥泞又去了雪山

借母溪

原来，女人是可以借的，二十挑谷子借两年
生了孩子必须还

看多了水流，听多了水响，也就成了一条溪
摇橹的女子，能感受到我的荡漾

如果借，就借她这样的
有肉有劲，个子不大，话还多
肯定能生个女儿

生了孩子也不还，赖账，赖不走就拖，拖一天得一天

玻璃赋

跺脚，挥手，声嘶力竭地喊
他们认为你在跳舞
你和他们，隔着一层钢化玻璃

只有一个人停下了
因为你喊出了她的乳名

你送的玻璃，她一直认为是钻石
雪白的胸口，那颗玻璃，像钻石一样耀眼

积冰之窗

余真

俯身之吻

我和黑夜背对着背，陷入失去对方的
孤独之中。昏黄的日色在醒来时压着我的身子
我等待着它的俯身之吻，迟迟不肯落下来
院子里的景色美不胜收，竹节草的花朵
运来了细小的海洋。即使是荨麻草，也擅自握满了
滴落的星辰。所以我显得这样匮乏，被日落和影子追着跑
并没有发现：水面暗自长着小小的皱纹
阔叶和杏花持续怀疑着它竭尽的弹性
老去的姑娘，继续饱受着雨天和亲吻的摧残
只有云雨年复一年地翻滚，还带着柔软的红晕

莉莉安

莉莉安，这个冬天你不能去水塘
洗你那早逝的父亲发黄的衬衫。不能由此
沾染水波的伤讯。你那在天气里读得
发痛的手指，就交由我。我给你
一段婚姻。在这坏天气里，没有什么女人
不憧憬一个离异男人燃烧的炉灶
我的空荡的房间，还有尚未掉完的窗花
可以安置你的到来。我失落的挥毫
已经投进了黑夜的激流。莉莉安，我向往
百叶窗关闭的发白的拂晓，我会在积雪中
明白它们凉透的洁癖。雪花们会压碎
我们臭烘烘的道德。树塔们不住地抖动
从这个夜晚开始。我不在意过往你
无济于事的伤悲，是否从托斯卡尼开始
抑或你刺痛我的目光，凋谢中的黑枪丸
对别人仍有不息的爱意。我只要你来到我
一个孤寂男人的身侧。来爱我吧，来准备我
早晨的日常：你说肉松面包，驼峰中的一枚
你说衣柜里的樟脑丸，混淆于你丢失的衣扣
我会是你丢弃的衣裳中的一件，你是
令我妥帖的温度，我面前铺满倒影的浑浊江水。

冬天

父亲出生在冬天。南方的急躁的冬天
它热爱雨水的践踏。它浇灭着，父亲竖起的衣领里
藏着的高粱的绯色。冲刷着父亲
哑口无言的鞋子。浸泡在鞋子里，又红又肿的脚趾
几根经历工地和高楼恐吓的脚趾。它们和雨水黏在一起
躲在鞋底，多么拘谨。

悲鸟

荒废的小径们终于还俗。
还未拆除的捕鸟网上，
腐烂着几具小身体。
它们曾有丰满的羽翼。
可以覆盖临峰山上一小块天空，
完全可以满足，
一个失意醉汉的胃口。

积冰之窗

那些年我内心的窗户，
听不到山谷里
吹来的朗笛。甚至听不到
水珠的早晨伤害了
卧室的玻璃。甚至听不到
我和你产生的对话
榕树于梦境中，洋洋得意
为它迎风起舞的耳朵
为它发出呜咽的躯干
在十年间，是一具打开的
手风琴。我别无造诣
度过了贴墙而立的童年
荷尔蒙在我的手指上发抖
只有面对你，才有拨乱
反正的狡黠。我不允许
你的冬天暗自生气，充斥
我心的雾霭。即使我的手掌
无人怜爱，是一块
旧抹布。我比任何人爱你
每一个指腹都是它的情人

我的村庄

我的村庄，它大则大矣，迈不出
我胸腔一步。夜间犬吠如擂鼓，小雨如拂尘轻扫

塘中枯荷无可加剧地摧残。孩童夜夜好梦
裹挟在竹凉席上。幼时祖母眼看我发育

双脚一次次踢出被褥。屋顶的天窗，有雨无雨
都要赠我星辰

新爱情

你的身体是树枝
用旧了我。

来年你要长出新的爱情，莉莉安
你的身体，久远的邮筒。他的手，
春天的新叶

在你身上，只颤了一下

吾栖之肤

莉莉安。阳台挂着你白色的衣服
在二十三楼，它跟阳光混为一体
但是你应该明白，它和阳光的距离
就像你的心，隔着你开始丑陋的皮肤
莉莉安。多少次我渴望像它们一样

扑在你身上。再不济一点……
哪怕像德感镇老街区雨天的泥泞

引起你一个清晨的擦拭，或者被你
放进废物箱……唉，莉莉安
如果这样就好了，这样我们之间
终于发生过一些事情

空山寂寂

我相信最仁慈的，必定是漫山的草木
他们如此深入，像一个动情的父亲

离那种深入，我们尚欠缺一副肉身
河流像一管喉咙，我们的心事一直滚动
却没人说得出口

小叶榕

春天它尽情茂盛，树下有永不知悔的
独白。我的心如晚霞浮动。
整个秋天，我都没能获取抵达树顶的
方法。这里逐渐失去日色的垂怜。
倦鸟们踏上疲惫的迷途。
没有得到面孔的风，一遍遍割下
它们深邃的绿意。
落叶们一遍遍怜爱，行路者的身影。

天上的事

王妃

天上的事

早起，抬头望一望天
有时也会讨论几句
无非诅咒或赞美，皆为废话
这惯性，说不上好与不好
我们都是顺从天意的人

云比我们飘得自在
鸟比我们飞得高远
赤日当头，或乌云密布
我们低头顶着，行行复行行

只有夜是公平的。我们乖乖睡下
任黑暗裹成混沌一体
天上的星月，地上的萤火虫
都弄不出大的声响。
他们相互打量
谁也不说羡慕诖

在田野里

溪水清亮
绸缎被烟花弄脏了弄皱了
我还是喜欢，把疲惫的脸埋进去

翻耕的田垄归之于田垄
褐色的沉默，是最丰润的

此时我想种下一个人
就一定会长成我要的样子

鼠曲草好小，荠菜开出米色的花
油菜尚在懵懂无知的年华
我又迈进新的一年
站在田野里，仿佛一切都未改变

雨水

把相遇的情节放进雨水里
把试探和交谈放进雨水里
把触碰和慌乱放进雨水里
雨水，这上天的垂帘。
谁能预知即将上演怎样的故事？
一个人握着潮湿的空气
把自己放逐，又把自己禁锢

把重逢的情节放进雨水里
把灼烫和清凉放进雨水里
把乳汁和浆果放进雨水里
雨水，这泼溅的浪花。
它浇灭世上存留又复燃的一息
一个人与另一个人
抱紧又松开，雨伞是避世的利器

留言

结香香气的突然袭击
是春光慢慢走远的预兆吗

就像每次我鼓足勇气对你说话
其实内心已完成与你的一次告别

爱情里如果有假牙
那是为了咬掉埋在身体里的引线

我越来越满足于自然地生长
暑去叶落，冬去花开

失眠

1点55。突然就精神了
想不起是从什么样的
梦境里醒过来
我思维活跃却脑壳空空

在黑暗中默默起身枯坐
在黑暗中摸索着披衣下床
在黑暗中蹑手蹑脚地行走
从卧室到卫生间从客厅

到书房。啪——
我在灯下沿着自己的影子攀爬
一架覆在书页上的折梯
太好了，远方的未知将带走我

山地玫瑰

亚芳说开花会加速母株的死亡
我竟然无动于衷
任由她慢慢抱紧自己到
小心松开拳头，提起身体
螺旋状往上升腾直到

在高空中彻底打开。
我看到玫瑰母株的躯体变得
越来越丑，她耗尽气力擎着的花朵
无畏、自由和舒展
我从未见过如此的骄傲和满足
——这冒险之美，这赴死之心

鸟鸣

在黎明尚未破晓之前
失眠，或醒来过早的人
泪水横流

孤单如此辽阔，却不能为人所知
甚至不敢有一声轻叹

感谢你细细的声线闯入
哪怕只在遥远的枝头
哪怕只是单音节的循环往复

咽喉拯救了耳朵
你拯救了我

落日

那时候饥饿还没有
战胜疲惫
我坐在文峰桥上不想离开

夕光在桥下沉吟
“我们的相遇最美了，你走过来
这桥便有了轻微的震动”

往事如清风徐来……
曾几何时，我与谁同坐
想象的身体又如何被掏空？

天色越来越暗——
一枚蛋黄被黏稠的蛋清拖拽着
从倾斜的蓝边碗沿滑下

一些段落

张二棍

疯子

他睡了
此刻是良辰。夜风如抚
白天，被石块砸过的那些伤口
在月光下，正在秘密集结成花园
结一个痂，也是开一朵花
他能闻到，自己的芳香
并愿意，散发给我们

失眠

失眠的时候，总能想起那些
不可思议的东西。失眠的时候
万物蜂拥，家国更迭
一个人替谁，没完没了
写讼书，走西口，喝交杯酒
把这索然的一生，过得心惊肉跳
失眠的时候，远亲和近邻都不够用
前世和今生都不够用。一遍遍，你跳出了三界
时而，是倒悬在县衙里的蝙蝠
时而，是古老帝国笼中的困兽
一个人失眠多年，终将变成一只悲苦的精卫
在脑海里，一枚枚投放着
自己的羽毛

等石子儿

童年扔出的
那枚石子儿
还没有落地
它的滑行
将谜语般
持续下去。从此
你未竟的使命，就是
在忐忑中
一直等，石子儿
落地，那咯噔的一声

小城

每个小城，都有过一个穿着旧军装的糟老头
他佩戴着褪色的勋章，面容枯槁
在街头，一遍遍走动着
没有人知道，他在等一枚子弹，还是寻找一个战友

每个小城，都有一家门可罗雀的小面馆
老板娘涂着廉价的脂粉，坐在油腻的窗前
她手中的毛衣，织了拆，织了又拆
没有人知道，她为什么笑了，又为什么皱眉

每个小城，都停留过一个神秘的马戏团
他们在泥泞的街头，一次次吆喝着
有人吐火焰，有人吞刀子，有人顶着一摞碗
没有人知道，在他们宿过的桥洞下，埋了什么，哭着

每个小城，都有妓女啜泣、小偷喊疼、疯子胡言
每个小城，都有下跪的膝盖、颤抖的肩膀、摇晃的背影
每个小城，都有一个默默盯着这一切的城隍
让这些秘不发丧的故事，再一幕幕重演

一生中的一个夜晚

那夜，我执一支
墨水殆尽的钢笔，反复摩擦着
一张白纸。我至今记得
那沙沙的、沙沙的声音
那笔尖，旁若无人的狂欢
那谢绝了任何语言同行的盛大旅行
那再也无法抵达的邈远，与骄傲
那沙沙的声音，在夜空中，回旋着
直到窗外，曙光涌来，鸟鸣如笛
我猜，是一只知更
它肯定不知道，我已经
度过了自己所有的夜晚
谁也不可能知道，在一夜的
沙沙声中，我已经败光了
他们的一生

理想

当年诚实的回答
现在，已大多化作谎言
如果谁再给我一间
破败的教室
我一定呆呆地站着
比站在教堂里
更无地自容

清明

坟地也是绝地。青草如反击的号角
死去的人，会在甲虫们惺忪的复眼里
披挂上露水，再次诞生。所以，清明
宜有蒙蒙细雨，宜万物影影绰绰
提篮祭拜的人，需要
田埂上，分辨走远的影子，是布谷，还是亡人
所以，带着手绢去上坟的人
路上看见一只鸟，就哭了

又一问

人群中，又有人问起我
你母亲的身体如何
又一次，母亲
被我从远处，拉回来
又一次，露出
她的笑容，又一次拉着
我的手，说
妈不疼

在晋国墓地

一个国王死了，要同时
死去一些马匹、一些奴仆、一些女子

一个国王埋了，要同时
埋下许多玉石、许多钟鼎、许多阴谋

一个国王，不可能被一次挖出来
而无数遍的挖掘，只能让一个国家
被埋得更深，更隐秘，更像一次次重新掩埋

给壶口的邀约

来过了，仿佛没来
——那山谷里的浪声，住了一辈子的人，都没听懂

离开了，仿佛还在
——天降的黄河，一把攥紧几千年，谁也逃不掉

这季节水小，人少。壶口，你若闲来无事
我邀你，在诗里诗外，陪我吼几声

天问

符力

暮春小札

看到雨后土墙坍塌
看到杨桃枝条爆出小小紫色花
看到少妇拉孩子下阶梯：一只脚在天，一只
　脚着地
像是拎着不敢叫喊的鸡鸭
看到幼儿在路边摘草叶，敲石子，玩泥巴
自己跟自己咿呀说话
看到空空田园里，一头黄牛静静吃草
偶尔抬头哞哞叫喊，好像恍然想起一件重要
　的事
一个难忘的人
我的泪水几度夺眶而出
我知道自己这样说并非出于矫情
知道自己真的
老了

我不想跟任何人对着干

青草顺着风。白茅顺着风。小叶桉
和马尾松也顺着风
整个山坡上的草木，都
顺着风，顺着风

顺：精巧的线条，服帖的画面
畅通的资本——
一个庞大组织，人人都在暗自练习

直到星子坠地，钟声响起

我逆风而行，甩掉丛林中的阴影
去远方，听巨鲸歌唱，把毁灭当作重生
谁抚摸我的白发，轻声饮泣
谁就是我前世的爱人

我不想跟任何人对着干
我已到了人生的中年，这世界
仍然为我带来春天，春天
浩浩荡荡的春天

处境

飞机冲刺云朵，列车穿插山水
皮卡车跑完乡间小道，颠簸着拐向高速公路
——人们在路上：携带箱包
怀揣各种各样的思想
位置是自己选的，心情是自己给的
应该感到满意了

正如今天，三月十八日
带着一个南方省份的烟尘与水火
带着整个星球的石块和泡沫
不为人知地旋转
摩擦：碎片飞溅，火星闪闪
从黑夜到黎明，完整得像一场电影
应该没有什么遗憾了

哦，不！谁想喊停，喊慢一点
想摆脱快速运行的事物
都是异想天开
谁独立黄昏，想起漩涡幽深，风声阵阵
手心就会微微出汗。视线转向门口
或窗外，停了一会儿
就移开

小岛上的事物

古榕，苦楝，小叶桉，木麻黄
它们都是小岛上的事物

它们没有任何一条河流那样的自由：
向大海说爱，说走就走

它们在雨后含泪承认
它们是树，命中注定是树

它们把脚跟插进水土里
向星星，向月亮，朝高处生长

乡野行

春风中，鹅黄汹涌，墨绿流动
湛蓝在远处海面上奔腾

从冬季活过来的事物都在舒展筋骨，放大胆子
做自己想做的事，像刚刚脱卸枷锁一样
而小叶桉底下，仍旧是
败叶枯枝，阴影沉沉

春风中，鸟在水墨田园里飞旋
我在童年放牛戏耍过的这片山坡上
重新走一遍

雷未响。雨未下。春风在救死扶伤
大地上的秩序渐渐恢复
而为什么，每棵小叶桉底下的无声世界
仍旧寸草不生，阴影沉沉？
为什么？

腰果

小众。非绝对无政府主义者。不学
小叶桉秀气轻逸
不像木麻黄持重沉稳
一丛丛地，涌起，随意，乱糟糟——
鹧鸪在底下做窝，八哥在枝头栖落
戴胜飞来觅食又倏忽掠过。时日赐予的
不过是几根褪色羽毛。我想起姐姐一脸黯然
天色
想起她有些颤抖的风声：
几年不见，你怎么把生活搞得这样乱糟糟
我那时低头无语，我此刻感到一种波浪的纠正
和激励——
随意，乱糟糟，但记得春天夏季
嚣张开花，放肆结果

寄

天亮了，你还没来

我一个人经老井，过水库
在露水中远望
白雾迷离。秧苗和豆角都换上清晨的新衣
迎着光，穿过雾，我走向远村近山
惊起，又惊起水田里的白鸟

雾散了，天也蓝了
你还没来

海在十里外流浪
我在这里称王，或当流氓
泪滴衣裳

天问

每个夜晚，你都把流星当作火柴
擦了一颗又一颗
我困了，在海边小屋里打盹，仍梦见
你不停地擦亮流星
我昨晚擦了又擦火柴，只为翻找二十年前的书信
夜这么黑
这么凉，你在寻找些什么

7月12日·安第斯山来客

德乾恒美

萨赫勒的天空

1984年
萨赫勒上空
一只鹰俯瞰大地，来回低旋

它紧盯一个黑孩子，奄奄一息
他被父亲抱起时
像一根干枯的树枝

大地上，饿死了很多骆驼
反政府武装醉卧灌木丛林
豹子在夜晚舔舐巨石

一架麦道MD–83飞机
在萨赫勒上空消失

科普特女人洗净机身
身披羊皮的男人再用白布将其包裹

7月12日·安第斯山来客

我当下的执念，不着现实
全然是追忆。我拒绝所有伪善的赠予——
那些拱手相送的低劣的仿制品

幻象在依旧，山和湖曾密谋于此
在众神沐浴爱河的夜晚

流连忘返。我离开黄金谷地

班车开动，大地的齿轮开始咬合分离
它缓缓驶过玛曲大桥
因为阴雨，因为忧悒，所有人沦为梦境

各种梦，各种气息，各种节奏的呼吸
包括各种细微的响动，构成一辆车的全部内容
汽油浸入耳膜，发动机甚嚣尘上

盘桓的班车，被完全孤立在群山之间
雾霭和梦境互相挤压

一路上，连只鸟的影子都不见
我应该遇见一只麻雀，或者喜鹊
或者盘旋在山顶的鹰，至少是一片口舌聒噪的乌鸦

这高地上贫乏的物种，集体噤声——
梦在群山间游荡，浓雾笼罩住茂密松林
湿漉漉的巨石夹在梦的倒影里回溯时间的流水

松树之下的一切事物隐约，不可知
汽车消失在群山万壑之间
多像上个世纪，茂密丛林里列队的运货车

抵达

现代人通过技术抵达了印度
我所说的技术无外乎
拉维·香卡弹奏西塔尔的纷繁音阶被程式化
戴黑框眼镜的蜜桃臀女士
手持印有呼吸频率和深度
影响心肺功能各项理化数值的健康手册
而蜷缩在我们脊柱内的蛇吐露红信子
在季雨和香蕉将要落下与成熟时惊跳而起

我搓完澡，打开窗，再打开唱机
在这个闷热的下午，一身湿漉漉
对着和煦的风怀想负笈经卷的僧人消失在辽远处

果壳

轮椅上
耷拉的脑袋
像教堂
高悬的时钟
除了睡觉
他的子民
分秒必争
轮椅下
藤蔓分蘖
聚合的能量
向上攀缘
直指天空之核
他虚构的肉身
像热带丛林旦
精致的佛龛
安置在菩提树下
专事冥想

续梦

熄灯，静心，沉住气
感受汪洋的黑夜

寒鸦在北方聒噪不停
雪野茫茫，朔风狂野

整整一个夜晚
强烈的黑暗照射我的脸

打开身子，仰面黑暗
万双眼睛翕合纷乱

潜入具体的夜晚
是沉寂深处的喧哗

一千张蟒皮的鼓
侵入我们的身体

像一场漫长的疾病，唠唠叨叨
整个夜晚都是它的声音

那本该属于南方湿地
舔舐鬃毛，畅饮雨水的猛兽，穷途末路

身边的树叶纷纷燃烧起来
力大无比的象群，踩过我的肩

两根粗壮的低音弦
密密麻麻，缠住倒下的阔叶林

猛兽，紧盯风的去向
铃声微末，金属在碰撞石头

一张血盆大口，空空荡荡
鬣狗和鳄鱼占满了荒原

苔藓部落

他们像苔藓、地皮菜，隐蔽在各个角落
毫无缘由地占据高堂和幽微之处
高声谈论这个城市的钢筋混凝土和河流改造

古代祭祀都搬到了现代的露天舞台

神职人员
被长相雷同
身高相仿的
舞者和歌手顶替
古代圣贤
手持麦克风
脸色煞白
面对稳坐于沙发上
子民乱糟糟的
照相机摄像机闪光灯
不带眨眼
他声音洪亮
像晚间新闻的播音员
这朝野骛趋的
文艺晚会——
百年之前
在深山老林
才可唤出的乡野之曲
如今，旋律残存
风骨散尽
方士的炼丹炉被踢翻
又被修葺一新

道士被赶上山头
食客作鸟兽散
他们隐匿于朝廷
市井和野外
荣辱皆忘，把酒临风
岁月被遮蔽了神秘
朝廷杀人的武器和盔甲
流入民间，直指宫殿
愚民用它挡住脸
以为同时挡住了苦难
将它束之高阁
五体投地
以为可以远离苦厄
露天舞台一片漆黑
咒师模样的主持人
接过古老的火把
照亮舞台
帷幕渐渐拉开
旌旗招展，干戈大动
诸神腹背受敌。

她脖子里有鱼刺

郎启波

她脖子里有鱼刺

这天气将大地骤分为二
北方的雨夹雪裹挟着

瑟瑟发抖的人。艳阳高照
的南方则提前赶走了春天

北方让霾与黄沙阴郁太久
南方的夜晚格外地冰凉

只有此刻——
我们才愿想起更多的往事

"她的脖子里卡了鱼刺
像引颈高歌的白天鹅"

夜色趁机掩护着那些
从故乡走失的人。

寂寞令

一场宿醉后的醒来是空旷
夜晚蝈蝈此起彼伏地欢唱
像是一曲老歌反复的旋律
歌者陶醉其中而听众寥寥

当你老去，轻轻捧起满脸

沟壑如犁铧翻新的田地
它似乎还散发着泥土清香
我慢慢贴近这深浅小径
仿佛看见探出地面的嫩芽

我不再记得你最初的样子
我对四周一切熟悉的
眼睛可见的事物充满好奇
这苍老容貌之下
经常做不规则手舞足蹈
的躯壳
看上去，滑稽极了

只有你——
从不讥笑这个陌生的男人。

吸烟的男人

黑夜中
烟头
也是一种光芒
它加速灭亡自己
也让夜晚加速灭亡。

如果，爱

雾霾紧锁让这夜晚更加深沉
如果沉睡那就好好地睡
如果无眠我就回到滇东北高原
那些被油灯点亮的路径

我损耗自己，损耗理想及青春
我无法从容地说出你爱的谎言
无法假装为了肉身健康而睡去

我爱极地那终年不融的雪
爱非洲大草原上的飞禽走兽
爱这的繁华世俗中的自己

我爱这世间最遥远的距离
爱这个——
在祖国流浪的孤儿
手足无措的样子。爱世人。

凌晨四点半钟的隐喻

四点半钟。凌晨，
或者是后半夜了，
北方的世界仍旧寒意十足
尽管现在已经是四月
日出前，这里的春天
暂时还谈不上真正的存在。
社交媒体上，零星
散落的失眠者里
有人寂寥始终自说自话
有人酒醉高谈阔论
有人找寻真相
有人刷屏手舞足蹈
有人不知所云
有八卦者围观起哄
每个人都是自己的王
片刻余欢，唯恐不乱。
上早班者，戴口罩
试图冲出雾霾，一些
急促的脚步和自行车铃声
将剩余的黑夜逐步肢解。

我需要借助药片的功效
换取短暂的睡眠恢复体力
但药物往往也不值得信赖
我更信赖那台老式的闹钟
它每天都需按时上紧发条
它其实都走得并不算准时，
甚至有时只有滴答声响，而
指针并不真正行走，
这却时常让我如孩童般
暗自窃喜：时间停顿了。
一组画面像电影短片迅速
播完。后退，再次播放
三十年前，我们端坐课堂
声音稚嫩但无比清澈
“我爱北京天安门……”
山村的少年，第一次
大声读出了爱这个字
如今我只狭隘地爱自己
并狭隘地，爱这眼前的欢愉。

雪如果下得很厚

图雅

雪如果下得很厚

我会做什么呢
我能做的是在雪上写你的名字
我不能做的也是写你的名字

你喜欢雪

我也喜欢雪
其实是我的忧伤喜欢雪
我的忧伤很白

孤独

门铃响了
是邻居八十多岁的老太太
我能到你家聊天吗？你先生在家吗？
不在。我要做饭。
吃过饭我能跟你聊吗？
今晚我还有事。
这几天有女孩子来你家，
说是你家亲戚。

这天晚上我失眠了
过了两天
早晨出门上班
老太太正好出门买菜

我问她大爷呢
她说两个多月前去世了

大雪

雪下得那么大
地上的食物都覆盖了
鸟怎么活
它们又不能吃小鸟

责备

你这么晚回来我多紧张
你知道吗
你回来晚我不也是吗
没想到儿子会这么回我
那一刻我心里有点潮湿

看不下去的原因

你写的新诗
好旧

化雪

连续几日落雪
路上雪越来越厚
我说要是在天津
路上早就撒盐了
母亲说太浪费
父亲说是工业盐
她默不作声去了
灶屋

我爱上了我的影子

而它爱上了别人
它为了别人跟我吵
让我删掉刚写的诗
我不删
它说那朋友都做不成了
我说我不是你的朋友
它说那是隐私不是诗是违法
我说你告我吧
你还可以把我和你之间所有的事
说出来
还可以暗杀我
我想死在自己影子的手里
在所有的光源下

橘子树下

吴小虫

夜行

——写给白月

一次喝酒中，一个朋友
恳切地对我说过的话
在星光村，不知有没有星星
很多人走在一起
走着走着，你我走在一起
那些话，你也对我说了一遍

我相信这些话来自秋天的土地
来自枯萎了的玉荚叶子上
很老了的毛毛虫
来自你披散的发丝飞动
和幻象中的闪电接触
风从这边吹到那边

怀疑人生吗、看我
也在陶瓷的杯盏有了深暗的
颜色。却是汤色清澈
常孤寂一人，于深夜长坐
这些用滥了的意象并非指诗
深切重合着的，屁股找到了座椅

那就不必一定每段必写六行
厌倦日复一日却枉费心情
就一起在黑夜中走啊
没心没事地走，你和我
我又和他，她又和他们
地上捡起一朵小花，随手拿着

橘子树下

（1）

橘子树下，我为耿占春拍了一张
他正在剥一个橘子
对着镜头，轻轻微笑

我或许可以理解这种风度
在经过了岁月的风霜
天命，成了一个诗人的追问

漫漫黄土，衣衫褴褛倚仗
身后的长河远去
只有眼睛紧紧不舍

橘子树下，我按下快门的瞬间
看到他变成了一个橘子
在另一个人手中剥着

（2）

当然诗人们也不是穴居动物
他从农户家出来
这边走走，那边看看
刻着“不会相思才相思”的砖地
忆起了一片绯红

远处，高高的信号塔矗立
干净的柏油马路一望无际
但看仿古的八角凉亭
一个中年村民从柚子林出来
有点疑惑地看着

（2.1）

我要书写的这片柚子林
还包含池塘、庄稼地、野的花树
共同占据了星光村绝大土地
土地，紧紧地守着自己

她喜欢身上覆盖荣枯
喜欢上面行走的人和物
自己的孩子，看他们出生恋爱衰老
然后再轻轻把他们埋葬

而连片的房屋以及炊烟
常把脖子探入其中深深吮吸
这是小船在大海中的漂荡
亘古对文明的拯救

（3）

诗要如何来写？我现在更迷恋
远景的山水画，起伏苍茫
我想在那里，一定住着很多人
很多的牛羊和草木
和日月一起，共同呼吸着

当然如果我在这画中
我就是饮茶的桌案上的香炉
随手扔弃的一个苹果
在小雪的节气，染霜萎缩
顺着北风来到第二年

万物皆灵，在人的大地上
我感到叶子和叶子交颈
一只瘦鸟想飞回故乡的冲动
包括被吃掉孩子的鼹鼠

它在等待明日的复仇

（4）

所以在橘子树下，我为耿占春拍了
第二张。他剥橘子的手
和镜头中的微笑，都没有变

此时时间开始流动，为我们忙碌的
云峰书屋龙老师忽然变成了青年
我在1984年的晋北，发出第一声啼哭

我的父母沿着他们的道路
而我从前世的死亡中醒来
从山西走到陕西，最后到达重庆

多么富有启示，原来对生命的守护
就是弯下腰来注视
而橘子树下，而星空之下

有时我也想等风

命里的事，我不再多问
只几年时间，一起玩的伙伴
都变了模样——那个最终的自己

我的脚步滞重
每抬起一脚，脚掌都从地面
拉伸出盘曲的根

始对依山顺势之花歆羡
始对其缠绕有致
而坐在水底吃着火锅
这个空当，体会“活色生香”一词
剥开自己的花生外衣
进入物和具体的场景

但小路却愈加逼仄
三面环山的城市，有时我想
什么时候有风来呢

关于早晨的手记

（1）

我住的房间名叫莺啼序
它的主人刘绍先外出打工去了
留守妇女正为我做红薯稀饭

红薯是儿子，在东莞打拼
娶了个江西籍的媳妇是稀饭
边吃边讲起了刚生的孙子
她去那边还照顾了一年

“村里很多人给我打电话
问我过得怎么样
我回来也没给他们带东西
哎呀真不好意思”

而清炒土豆丝是这栋房子
汶川地震后搬迁过来
前后花了二十几万

（2）

啜饮早晨的语义，以为一直是
在她的阴影。醒来
却不知谁吃了你的鸡蛋
只剩一口，而且无法选择

那么现在桌上有两个鸡蛋
还有一盘花生米
如果你愿意吃，都是你的
还有这属于你的闲散的一天

你要如何用这属于你的一天?
做你自己，对
但我并不准备做我自己
我放弃了，是的

金牛古道

（1）

我们带着这个时代的
普遍的特点来到了古道
普遍的游客心态
普遍地转转看看和照相
普遍的内心记着，感慨
普遍的高速公路直通秦地

普遍的世相，普遍地活着
普遍的正义与恶，在网上形成热搜
普遍地又去关注其他
那不断繁殖的另一个自我
普遍地存在着
轻轨玻璃上的影子幢幢

普遍的诗，普遍的差
普遍的言不及物，炊烟袅袅
成了女性的文眉一条
而独轮车碾过的辙凹
像一个具体的人身上的鞭痕
至今还是血色的

（2）

何之为道? 曰以利行人
何之为道? 曰示我周行
但如果谁此刻骂我
我也会回敬个粗口

以利行人者无所谓利
示我周行者赞其德风
靠力气吃饭，要养活一家老小
在上面过路，为活命奔波

尘埃缓缓
落于一片青草之上
水流万道
沟渠在一念之间

向雨田打听昌耀海子

偌大的餐厅，只剩我和雨田
他来得晚了，而我喜欢留在最后
喜欢看这杯盘狼藉和没喝完杯子的
寂寞。

我们坐在一角，这已经足够
从窗户射进来的阳光
在盘面上轻盈舞蹈
他说不是，“诗歌不是这样写的”

他说话的腔调，喝酒的姿势
好像还在八十年代之中
问及昌耀和海子的情况
似乎诗歌的英雄重又复活

“诗歌……”他终于变得欲言又止
又开始顾左右而言他
我不知道因为什么就先走了
餐厅只剩下他，和他杯中的酒

自我介绍

杨艳

没想到

领离婚证时
我和前夫
已经快一年没见
听说他早把工作辞了
就问他
“那这一年
你是怎么过的”
没想到
他的回答是
“和手过呗”

证

和我一起办了几趟私事后
1985年出生的未婚女同事
一脸愁容地问我
怎么办呀，你这辈子
干啥都得拿着
这个证
她说的是我的离婚证
我笑了
有啥啊，你要是结了婚
还不是干啥都得
揣个结婚证

妈妈写给孩子的诗

李勋阳在编
《妈妈写给孩子的诗》
问我有没有
我的第一反应是没有
我离异无孩
至今独居
应该没写过
给孩子的诗
同时我又想起
曾经照顾过
一个亲戚家的小孩
她跟我说
舅妈妈妈都是妈
那我就把这首诗
写给她

敏感

我的脚
特别敏感
稍微不舒服的鞋子
哪怕是接缝没钉平整
穿着都会起泡破皮
买鞋子时
无不头疼
这么敏感的脚
适合写诗

自我介绍

我出生并生长于
福建沿海
但直到大二那年
去长沙
认识了一位
来自内蒙古的女孩时
我还没见过大海
她对我说
“和你有一样的尴尬
我也没见过草原”

三八线

游若昕

三八线

平昌
冬奥会
开幕式
韩国和朝鲜
一起走
他们越过了
他们之间的
三八线

立春

春天来了
我想起
几年前
爷爷带我
去挖笋
笋白白嫩嫩的
去年
爷爷死了
他被火化后的
骨头
也是白白的
和笋一样

抽烟

爷爷
很爱抽烟
住院期间
医生让他
别抽了
爷爷就
背着我们抽
死后
把他火化了
火化炉上
冒出
一层层烟
是上帝
在抽烟

酷暑

天好热
热得
能把人
烤熟
树上喧嚣
的蝉声
好像锅里
油的滋滋声

无题

仓鼠小乖
走了
爸爸要把它
扔到小区楼下的
垃圾桶
小狗麦笛
十分激动
追过去大吼
好几天过去了
麦笛还
时不时地
望着我书架上
小乖曾经
待过的地方

非两地书

于贵锋

新年

杯盘狼藉影响了我的快乐
影子
不洗脸刷牙就睡了

残汤剩羹还在散发
生活日常的气味
仿佛来自末日的衣物

把天空咬些虚拟的透气孔
呼吸，呼吸
结构一个新早晨我们能做到

来日如往日
没有新空气
没有新语言

更不见新人——
跨过门槛时他们
生出新的禁忌

非两地书

长山之南，寿山之北，三阳川双水流银
白塔山和兰山的中间，黄河穿过兰州城

过去与现在之间，长着“自我”的空间

但时间从来不是跟随我作恶行善的证人

借助田野与云影，我拥有了我的大自然
借助制度的围墙，我看见了流星的永恒

借助眼睛和耳朵，爱能够
分辨具体的爱与抽象的爱

借助意料内与意外，我认识并理解了死亡
借助内心，我爱上了拆除栅栏以后的生活

生命有旷野，而人没有，这是一个写作者的语境
这就是多年来我想改变而无从改变的，语言的根

青盐

春天从失眠开始
但挑破梦后针去了哪里呢

而杜甫比雪白更像一种谴责
结冰路比屋檐雨更接近真实

到达后时间开始拆桥撕云
靠天吃饭的人在听河刮骨

启明星早就虚设了自己的光
“像虚妄是无所不在的青盐”

鼠毛抢先占据了昨日的心
超验坠入经验寒潭荡了荡

月亮被冻得无唇了？
应景的说法：独醒虫虫！

几只麻鸭会把我们拉进现实

来水量在去年偏枯40%的基础上还会减少
这种预测产生的不安当然也在描述事物之间的关系

阔大，细小，都会浓缩在一颗星星的胸腔里
站着看一会儿，几只麻鸭会把我们拉进现实

最紧迫的就是去做对别人无用的事，你的拒绝
证明了它的重要性。但可能依然是一种对内心的虚设

无和有原本就是正面与反面，外表与内心
我是说我们选择了什么，当河水在春天习惯性地上涨

煮花儿这样的事，在上元日还是太粗俗了
而煮鸟蛋，必得从泥土里掏来一大把火焰

影子在大地上有多拥挤，绚烂自天空坠落就有多孤独
而真孤独，是熬得恰到好处的粥，香味四溢，渐凉了

打滚论

猪在泥水里打滚就像北极熊在雪地里
虚无在政治里打滚就像人在人性里

本喻互换也无不妥
甚至可以说人性在猪堆里打滚就像雪在政治里打滚

当然顾城那个鬼说“人时已尽，人世很长”
一把纯粹的斧头砍碎月亮后还砍碎了心跳动的结构

不，打滚论就是论历史和现实
就像火车再快还是需要轨道还是要有起点与终点

就像数学计算的是各种关系，打滚本身是圆的
季节的一串气泡在时间里打滚，领头打滚的是花朵

打滚能否成功需要运气，生命有时卡在生死的缝隙
好在，轮回被发明了出来，更有阵风来自四维空间

有礼

从阴历进入阳历
他的内心改变了，像慢突然要加快
像一些人继续待在原来的空间
另一些人一个一个，在他的眼前冒出来
拆卸的生活被再次组装完成，静默，轰鸣

像倒时差。漂浮。阳光刺眼
他喜欢这种短暂的，木头换铁的新鲜感
他高兴在时间之外多了一种时间
他珍惜在热闹的空气中
那泥土的从容，明亮，冰凉

交替之间，人们心生礼物，互赠喜悦
一种伟大的内心在交替中悄悄完成
而过不了多久，一种渴望会油然升起：
阳历进入阴历，阴历推开另一种生活的门

那扇门里，古旧，昏黑，酒香四溢，燕子低飞
木桶里的水结了冰，新衣服在柜子里
火焰在炉膛说话，抹了清油的花卷上粘满荏籽
即将出锅。还会有热气腾腾的第二锅……

准确地址

里尔克在慕左倾诉。福楼拜狡辩于鲁昂
策兰在准备成为塞纳河内心的移民
还有茨维塔耶娃，爱几乎停不下来

这些都各自将时间写成了一本厚厚的书
书简的对象也间接地构成了他们
而我，尚未找到一个准确的地址

一想到会有一只蜜蜂闯进油菜花的迷宫
在梦里我笑出了声
一想到蜜蜂停在石头上喘息的样子
我就羞愧不已

停止了对兰州的虚构。一想到
蜜蜂的嘴巴也是我虚构的
我立即拆掉了虚构的蜂箱，死亡的窝

终究，我并未虚构出一对喜欢天空的翅膀
但别以为天各一方是真理，人与人各自孤独：
里尔克请莎乐美代问弗洛伊德好
福楼拜的窗外就是塞纳河，策兰
宣布“我和她睡觉了”，而茨维塔耶娃
成为“三人书简”中最重要的一环……

我也被虚构从泥土中和河水里挖出来
依现实规则钉上了梦的门牌号

捞鱼和赏雪

洪水过后
在河边浅水中捞鱼的人
当水位再次上涨
他们来了又走了
从急流中
他们捞不到鱼
这没有影响他们的好心情
走的时候
他们唱着歌
太阳升到十点钟

十点钟
甘南的朋友们
在赏夏日的雪
雪中的小红花、小黄花
星星点点的，绿和白

在那儿，夏天寒冷而明亮
自然的美，在自然呈现

悼我的父亲张安国

张明宇

1

此刻
您躺在那里
睡着了
打起呼噜
我知道您
还活着
时日无多
我也只能看着您
陪着您
写下这首
暂时
活着的诗

2

和您躺在一张床上
过一会儿
床微微颤动
那是您
紧闭双眼
用身体
与我
交流

4

再给不给您吃
真是个天大的问题
给您吃
只能让您多受一天
又一天的罪
不给您吃
眼睁睁看着您
一点点瘦下去
您说
我还是人吗

5

我把骨瘦如柴的您
搬起
喂您两个蒸鸡蛋
您吃一个
糟蹋一个
渐渐 眼珠转了过来
您好了
我惊喜得
涌出泪
母亲红着眼
却说
还是不要再让他
吃了吧

33

母亲拿来一小块馍
让我嚼
然后放进一个罐罐里
我虽不明白为什么
但我一小口
一小口咬
一下一下
仔细咀嚼
想起小时候
您喂我吃饭
种种细节
也想起我
喂您吃饭的场景
爸啊
儿子帮您嚼得
细细的
软软的

49

父亲走后
陪母亲在家
躺在父亲曾经
长期躺过的床上
想父亲的模样
这样的怀念
让我温暖

找不到

庄生

感恩

结婚时
向表弟阿义借过钱
向表哥阿萍借过钱
向高中同学锦耀借过钱
向好友马金山借过钱

在人生最艰难时
素未谋面的
浙江诗人余跃华
前后给我打过两次钱
我跑到银行取款机
取出来
递给母亲
欺骗她说
这是我年底的奖金

教堂

父亲走了
父亲建的教堂
还矗立在村头
每个周末，都有人来教堂
祷告
然后扛着锄头
下地

耶稣

写作的人
坐久了
两个肩膀
脖子
脊椎
会越来越疼
疼的地方
连起来
刚好是一个
十字架

微风

背靠着阳台的边沿
晒着阳光
不去看左边穿梭的汽车
不去看右边小小的菜园子
看着手机上
一行行的诗句
想到那个谷歌屏幕上的老人
想起风筝越飞越远
泡的罗汉果
能不能缓解
喉咙的疼
背后有一两声鸟鸣
如今微风多么美好
吹过来吹过去

找不到

翻开族谱
第一个人
姓庄名周

我爸爸
那一辈
孝字辈
我是
生字辈

现在的小孩
取名字
不按辈分取了

往后
族谱
找不到
他们

清明感怀

有些人
即使埋在土里
也是干净的
有些人
即使行走在世上
也是肮脏的
关键在于
灵魂的色彩
不能接近于黑

单身生活

左右

单身生活

去电影院
敢一个人看恐怖片
不敢一个人看爱情片

音乐

三个老人
一个眼瞎，一个腿行动不便
一个看起来挺健康的
他们用二胡、喇叭、手鼓、口技
组成一支乐队
听众很少
投钱者也很少
我转身离开时
一个小孩
拉住妈妈的手停下来说
“爷爷，你的胡子真好看”

父亲节

每年这个时候
父亲疯了似的
像找到了树立威严的绝好机会

憋了半年的话
全倒出来
短信里
他批评我怎样不对
教育我怎样做人做事

而我只能默默听着

他偷了我的手机，十分钟后跑回来还给了我

虽然我一直没搞明白
直到分手那一天

女友哭着抖出我的伤痛
“连大街上的小偷都嫌你
偷的手机都还了回来”

一个失聪诗人的日常

王有尾说
我的笑声
像山羊

我想起
也有人说
我说话的样子
像蜜蜂
我哭时
有时像青蛙有时像公鸡

听到这些
我高兴极了

数十年来
我一直在寻找

鬼神

我拉黑了一个从未交流
但买过我不少诗集的陌生客人

她天天晚上
在朋友圈发的内容
基本如下：
晚安，人间

春天的杂志

莫卧儿

春天的杂志

XX杂志三月号封面
一方幽绿的深井
仿佛时间跌入宇宙
没有回声
一群三月里的人
跑着跑着
就替蜜蜂流下眼泪
风翻动书页
咀嚼新的，也咽下旧的
融化不掉的冰凌
深扎于心但并不摇动白旗
盛典就要莅临
柳枝低垂还是仰面质疑天空
南风说了算
白日里做不做梦
雀鸟的聒噪说了算
千年运河开始松动筋骨
纸上的明星站立起来
为即将拉开的大幕喝彩
没有什么放心不下
一切都来得及
赶在错过之前发生

雨夜樱桃

她触碰过世界冰凉的舌尖

在甜蜜被封锁于蜡质监狱之前
昏暗的街道
车辆飞速穿梭
运走秘密证据的同时载回更多
她并不想分辨
那种滑腻的柔软
接近于夜色包裹的腥味红唇
还是与晶亮雨滴共舞的
弹跳精灵
抑或从来只存在于
绿荫掩映的记忆源头
曾以手指捻动小小珠子
像地球般自转
当南方与北方，酸与甜
于旋转中渐渐失去界限
她仿佛看见
前半生像面前水洼中的涟漪
一圈一圈荡开
后半生则急速反转
收缩成一粒樱桃
黑暗中闪烁着鲜红的光亮
固定在心脏中央

宁静的早晨

一只鸟
身着逝者的玄衣
冲向朝阳
让连日阴沉的天色为之晃了晃
假如你以为有什么就此
终止或者开启
必定是徒劳的
不难想象
树木一天比一天
绿得意味深长
仅仅是为了配合最终炎热的天气
就像潮汐应和着月亮
银白应和圆缺
而刚露脸的香椿、冬青、竹叶
亮出一排排小尖牙
每颗都具备在雪白骨骼上
留下咬痕的本能
只有远方树林中传来的
几粒鸟鸣
像滑出钟盘的滚珠
仿佛可以从这个时空成功逃逸
又仿佛跌入宇宙中
更加不为人知的法则

野菜地

事故源于尖叶的那棵
有意弄伤了圆叶的那棵
接着高声宣布
看不到比它矮的了
清晨，挖野菜的人
三三两两来到地里
标准其实只有一个：
小鲜肉

雨水迟迟不来
遍地的蚯蚓粪便堆得老高
不需动用手脚
大喊一声它就会坍塌
而从不远处经过的河水
每年都带走泥沙、羽毛、朽木，
还有死去动物的尸体
并不理会有的篮子满溢

有的空着

临走，你听见有东西
掉落在大地上
“噗——”的一声

湖语

一群野鸭昂首向前，其中一只
朝你张望后径直游了过来

碧水背景，红花初绽
突然有条渔船从斜侧里插入画卷

如果这些都令人费解
那么还有别的力量，你并不知晓

比如星星是何时掉进水中
长出尾巴，变作鱼群
水分子团结成银白的辽阔
是为了包容，还是为了捍卫自由

而某些时刻，你更倾心于谜面:
眼前水草点点翠绿，其间掺杂着赭红

夜晚来临，湖水迎合星光的爱抚
摇曳得泪光粼粼。你猜想水底
沉潜着一颗巨大的心脏
每次搏动都牵连着上空的星系与云团
掀起心中惊涛与烈焰

暗夜中的苹果花

那黑暗中的洁白之物
必将生者覆盖
让死者芬芳四溢

它们把脚印
镶嵌到幽蓝的邮票上
体内的火苗随呼吸
在星空下忽明忽暗
这些并不影响巨大的树冠
看上去像一座城郭
也像白天的某副人脸

出于对路灯担心的回报
幼小的芳香出来散步
总是很短一段
就把权力交给身后
戴尖帽子的大鬼
如果后半夜还要提着灯笼
搜索游荡的魂魄
理所当然有了替身

要是风把花瓣吹落地下
它还没有想好
是深入黑暗
寻找隐秘的来处
还是循着树干重返枝头
辨认刚刚出生
像眼睛一样的伤口

与秋书

罗晖

回乡

又到了春天　在那长满绿色的坡上
石头又年长了一岁
它翘首等待
镇子上的花开得多美
不知不觉　都结出了乡愁

有时间一定要回去
说着说着
一转身
头发都白了

都变了
只有桥下那条小河
它年复一年养育着我们的小镇
仍然让我亲近
在不远处的荒山
多了许多坟墓
父亲也躲到了里面
就算到了清明
也不肯出来与我相见

转过一个弯
见一位年轻的母亲在慈爱地呼唤
看着看着
就成了我的母亲
这时我就会光着腚
从小河边飞快地往家里跑

背影

你来晚了
青春已被挥霍
背影就在不远处的地方
你看清了吗
尘土被风吹起
慢慢地又飘落到他的身上

夏天的热
冬天的冷
都不能把他赶走
但背影的伤口在哪
为何总爱在半空中游荡
好像没有人喜欢
像个孤魂　野鬼

只要留意
你就会发现
背影的强悍　坚韧
是那样的震撼
尘土的眷恋
与秋风送来的赞美
更加重他的分量

他更是生活的强者
尘土已向人们证明
是他改变了这个世界

黄昏的颜色

事实上　整个晚秋
我都没有在意黄昏的颜色
我的体内有一种焦灼在蔓延
我害怕黄昏的到来
这意味着黑暗无边
会把光亮撕成碎片
罪恶就会滋长

黄昏终于来临
黯淡的颜色越来越深
透露出一种不安
许多事物变得模糊不清
甚至消失
在这个暮晚
我的背影却开始形成
孤独　安详　默默无闻

睁开眼睛
却也孤掌难鸣
黑暗的颜色在加重
但我的心境安静下来
除了思念　爱慕
就是躲在门后
把逼近我的危险驱散

与秋书

昨夜　秋风已把我抱紧
十月的村庄　已显冷落
金黄的树叶纷纷落下
看得出来
它们似乎很不愿意
但又无法抗拒秋天的诱惑
它在告诉我们
秋天就要离去

这个时候

秋天会溜进庭院
躲在地里　和庄稼告别
蹲在树下　听农夫交谈
盘点一年的收成
它像个调皮的孩子
给农家送来果实

深秋　你不要这么匆忙
请带个口信给远方的亲人
都说夜凉如水
要多添一些衣物
不要别被秋风
吹坏了身体
误了归期
白了父母的头

时光的疼痛

我清楚地记得
那活泼可爱的青春
是那样迷人
透露出一股丰美的气息
吸引着异性贪婪的目光

在那时光的后面
我听到了一个传说
那是母性的呼唤
和生命的喜悦
我站在城市的一角
向着朝霞
飘向了远方
一颗年轻的心
有了理想

终于我痛苦地看到
那年轻的花蕾以及生命
被时光悄悄带走了
逝去的岁月却无情地
刻在我的脸上
长出了一道沧桑的皱纹
及一条风干的泪痕

生计

马金山

生计

天蒙蒙亮
包子店的老板
把包子生上锅
就打着手电筒
去山上的庙里
换零钱去了

事故

火灾事故中
三名消防战士
为救一位老人
壮烈牺牲
很多人说
救得不值
被救下来的老人
一把鼻涕一把泪
也说不值

诗人

某一些领导
偶然听说我写诗
还出过书

瞬间说出一句话：
“你这也太屈才了”
莫名其妙
我心想：
“那我干什么才不屈才呢”

生活

结婚第二天
忘记了因为什么事
我们争吵了起来
一气之下带着结婚证
坐上了去往县民政局的汽车
走到半道
车坏了
等到师傅修好车
天色已晚
我们又坐上了返回的汽车
就这样
我们一直过到今天

雪的尴尬

薛淡淡

邮车

高速路，一辆邮车向前，
缓缓地行驶。
我驾车从后面呼啸而来。
有那么一会儿，
四野宁静，风声呜咽。
我们并行在，
画白线的路上。

从不晓得一辆邮车上
装着什么
开始猜想
一个个信封中
绝交信、情书、判决书
会改变谁的命运

欺骗、罪恶、陷阱、灾难
虚伪、色情、贫穷、战争
就在那一刻，我感觉到
世界的面目
密集呈现在
一辆通体绿色的邮车上

被诟病的眼镜

镜框上满布艳丽的花朵
都嫌花里胡哨不够雅致

她们根本不知道
我试图解决
世界的平庸和苍白问题

镜中人

这世上所有的人
都是一面镜子
每天从人群中走过
却看不到自己
对此我早就习以为常

雪的尴尬

无论有多少人
对着手机屏幕
写下赞美雪花的诗行
都不能阻止
在环卫工人皴裂的双手
紧握的铁锹上
它们迅速变成一堆又一堆
沉重冰凉的垃圾

女邻居

穿着一双豹纹雨靴
她在土地里忙活
泛着春光的芍药和铁树
亲手移植到窗台下
还将一些不知名的种子
让泥土覆盖
当我再次走过
她换上了衣袂飘飘的
孔雀绿长裙
直直地站在室外的窗台上
女王检阅仪仗队一样
傲然屹立
玻璃窗里一只健硕的大狗
与她保持一个姿势
定定地凝望春天

写给我的父亲

仪桐

悲伤

爸爸走了之后
我有预料之外的悲伤
他的种种好处
都光辉如昨
我从没想到自己
会如此刻骨地
怀念他

口信

春节前夕
我的堂弟崔光文驾车
行驶在高速公路上
大家说爸爸走了
我还是不太相信
一个人可以那么快地放开亲情
让情感欠债
望着窗外青山隐隐
草木依旧丰茂
我看见天上的云朵倒立
就要飞往另一个现场

世间从此再无人叫我三小姐

童年的夏天
我威胁他说
假如你不肯叫我三小姐
我就不吃饭
他笑眯眯地叫我
我的三小姐哎
我说哎
妈妈和两个姐姐都笑了
如今，爸爸已绝尘而去
从此
世间再无人叫我三小姐

叛逆

我们围着爸爸的棺木
他那么安静
没有一丝抱怨
我想不透他是我前生的情人
还是敌人
我这样反抗他
在他的有生之年
总是把他的话，反着来执行

午睡

爸爸走了之后
我在他的床上睡午觉
邻居的姚婆拄着拐杖
跑过来逗我
你怕不怕？
我说，有什么好怕的
他若是真回来
我就会抓住他，亲那么一下

村路

春水绿波
风把菜籽花一层层压低
这客车颠簸着，照耀
一如我的心
开往我的故乡
开往我的爸爸

自然之歌

伊甸

火焰之歌

第一缕火焰应该是雷电点燃
然后石头开始模仿。洞穴中的人类祖先
把一声声惊叫改变成歌词
火焰的舞蹈和合唱渐渐进入高潮

黑夜说：它学会了恐惧和撤退
寒冷说：它学会了忍受和躲闪
饥饿说：它差点向人类举起白旗

每一堆篝火都有巨大的翅膀
它们让大地起飞
让各种惊心动魄的故事
得意地跃上天庭

灶膛的火焰把一张张丑陋的脸
改造成天使

火炬把沦陷于罪恶的道路拯救出来时
所有的脚印都像恒星一样
闪耀圣洁的光芒

火焰！它的心脏一直在猛烈地跳动
这头世界上最伟大的野兽
它将以怎样的姿势和人类并辔前行？

我的火焰呢？我的火焰！
我的躯体里无数的冰在嗥叫

落叶之歌

如果只有孤独的一片，我们吃惊
疑惑，像看见一个诗人自杀
兔死狐悲，长吁短叹
其实它在空中飘落的过程既像炫耀
又像撒娇。它以舞者的轻盈拥抱大地时
我们想象中的悲剧
以喜剧的形式调侃了我们

如果七八片十来片互相追逐、嬉闹
像玩一个有趣的游戏
——这群天真可爱的孩子！
话未出口，你突然发现了它们之间的
嫉妒、怨恨、争斗……
破碎的破碎，昏迷的昏迷
有的跌入水沟，有的坠入深渊
最幸运的，结局是慢慢地腐烂

如果成千上万片笑着哭着喊着从空中扑下来
我们不知道这是闹剧，还是史诗
万物都是看客：石头冷冷一瞥
河水避之唯恐不及，青草恐慌
树林外的花朵幸灾乐祸
鸟儿顾自去天空飞翔，不肯留下一句叮咛
我们……我们……站在林子边缘
想象自己就是落叶中的一片

暮春之歌

春天有点累了，它把花一朵朵摘下来
去贿赂泥土、河流以及死亡
风消失了攻击和抚慰的力量
它假装慈爱地摸摸树木和旗帜的头颅
得到的只有嘘声一片
情人们从风景里疾速撤回
肉欲成为他们唯一的宗教和道德
蛇和青蛙的战争拉开了序幕

这时的枫树是绿的，它绿得有点
羞愧和恐慌。这时的银杏树也是绿的
它绿得有点做作和神经质
这不是一个可以任性地红
或者任性地黄的季节
连天空注视人类的目光都有点发绿
太阳这头不合群的怪兽
只好躲在乌云背后咀嚼孤独和冷漠

黄昏之歌

手术台上的病人，摇摇晃晃
溜出了医院。他想逃避什么？他在追逐什么？
他先在老樟树的阴影里站了一会
然后犹犹豫豫走进山沟、竹林、葡萄架
他拉着屋檐下一个凝眸远望的老人的手
叹息一声，天空就俯下身来
用一块灰手帕遮住了脸

这时候谁还在路上急急奔走
谁就是带来好消息或者坏消息的
天使或者魔鬼
他把荒原卸在哪儿了？
他把丁香和玫瑰扔在哪儿了？
他一说出“残忍”这个词
我们的心脏就像被铁锤重击了一下

现在天空是一个昏眩症患者

月亮和星星都是他的幻觉
他抓不住的欲望
现在大地是一个失忆的老人
他把每一粒萤火虫都看作他的儿女
他把晚钟遥远的声音
听作许多年前母亲的哭泣和祈祷

空气越来越坚硬的时候
石头和恶就会柔软起来
黑色交响曲开始疯狂地演奏之时
灯光的芭蕾舞也跳得越来越顽强和热烈
一个丢失了孤独的人在冰山顶上寻找孤独
一转身看到故乡的黄昏
正在沦陷中上升，在上升中沦陷

红之歌

太阳刚刚露面时的羞涩
一种会传染的病
腼腆的山峰和紧张的河流
不敢说出一个“爱”字。连风也涨红着脸
朝天下万物鞠躬作揖

有一种云叫作霞，有一些女人
叫作霞。红照耀着红
红抚摸着红。当红悄悄躲入幕后
傻乎乎的白就走到台上
结结巴巴地辩白：我是红！我是红！
天下的红哄堂大笑

只有一种红不笑。只有血
不笑。狮子的血和麻雀的血
都像哲学家的思想一样严肃
当我们看见了它们的血
就是看见了痛，看见了灾难
看见了自己的血最终的命运

玫瑰花的红太像鲜血
是她的胸口流出来的？是她的额头
流出来的？每一朵玫瑰花都战战兢兢
它们在身子底下藏着尖尖的针
随时准备你死我活
每一朵玫瑰花都惊心动魄，泪水四溅

泪水溅在桃花上，桃花的红
被泪水冲淡了
这忧伤的粉红，这鲜血就快流尽的
粉红，这即将漂泊或者即将死亡的
粉红，它在绝望地呼喊

绝望地呼喊的还有枫叶的红
它是流出血管之后凝结的血
这痛苦的紫红色在风中颤抖
它最后坠落在一个行人身上
这行人就背起世上最沉重的十字架

把最沉重的十字架扔进火焰
黑变成了红——耀眼的红
疯狂的红：红席卷一切
又被一切裹挟。天下所有的红都在嚎叫
都在挣扎，都在寻找获救之门

绿之歌

二月的冰刚刚敲开虚无的大门
柳树迫不及待地探出一个又一个小脑袋
它们要看看：有没有另外一种绿抢了它们的
　风头

冬眠的世界被绿唤醒
山河又开始追逐，求爱，撒野
在绿的掩护和纵容下
鸟兽们的欲望像洪水一样泛滥

四月的钟声也是绿色的
四月的天空在向绿色鞠躬
大地像一个正在做爱的女人
她在高潮中扭动，呼喊，创造奇迹

六月，绿色和红色的婚礼上
石头搂着蝴蝶疯狂地跳舞

八月，绿色喘一口气
它把它的骄傲让一点给阳光
但这头狮子仍然不愿收敛它的威风
它还在吼叫，稍稍有点力不从心

十月越来越严肃的雨
是神对绿的劝慰和告诫
它开始学习沉默，学习聆听和忏悔
它在田野的一片金黄面前止住脚步
它垂下高傲的头颅
对时间说出它的敬畏，它的谦卑

它被迫举起十二月的雪
那是它向命运打出的降旗
寒风像一个历尽沧桑的老人在唠叨
——任何色彩都是平等的

它想起一个它遗忘很久的词

蓝之歌

我找遍全身——我的皮肤、毛发、五官
我勃起或者萎靡的阴茎
我的五脏六腑，我的骨头、血液
我找到了所有颜色，唯独找不到
——蓝

我用我的绝望呼唤蓝
它的应答遥远而苍凉

蓝逃到天上。那么多蓝聚集在一起
举行一个庄严的祭奠仪式
云的白色、黑色，太阳的红色、金色
恭恭敬敬弯下腰来
它们知道：只有蓝才是这个宇宙中
最终的胜利者

蓝逃到海上。那么多蓝聚集在一起
呼喊着，奔跑着
宛若一场改变世界的伟大游行
岛屿和礁石作为胆怯的旁观者
默默地让开道路。蓝抚摸它们
“孩子，抬起头来看看天的尽头”

蓝是最高也是最低的
一只白色海鸥徒劳地把海往上抬
把天往下拉
一场风暴以为它可以吞噬最高和最低的蓝
它精疲力竭的时候，上帝偷偷一笑
蓝天和大海抖了抖身子
准备参加马拉松赛跑

黑夜这床被子太厚了吧
它制造的美梦和噩梦
都会被晨曦这把剪刀无情地毁灭

而蓝，它早已剥去梦这件迷彩服
它蓝得像失恋和死亡一样真实
它蓝得比百岁老人还无欲无求
比婴儿还天真烂漫

天上的蓝被鹰啄落几滴
大海的蓝被飞鱼溅起几滴
大地上的孔雀、牵牛花、旧钢笔写成的诗
一个荒原独行者的忧郁……
一不小心就染上了蓝色——

叛逆的蓝，动荡的蓝，痴心妄想的蓝
被过于庞大的事物囚禁和折磨的蓝

黄之歌

太阳用力地撒下它的黄
地球心事重重地转圈，黄和黑
谁带来吉祥？谁带来灾祸？
还有红和白：太阳自身的变幻
带来怎样的千古之谜？

稍纵即逝的黄。稍纵即逝的
热烈和骄傲。迎春花与油菜花
它们的笑容越来越有点
例行公事的味道。它们摆着姿势
让虚荣的游人拍照
它们掉落在泥土中时如释重负

郁金香、马蹄莲、鸢尾花：你们黄得
如此犹豫，仿佛猜拳失败以后
迫不得已地黄一下
你们以自己的轻浮诱惑人类的轻浮
还是人类的轻浮引诱了你们的轻浮？

龙袍、金子——这欲望的陷阱
谁把它们染成黄色？光芒背后的污秽
五千年从未洗净。浑浊的血和泪
总是将时间涂成一片晦暗

被北风拷打的银杏树
像投降的士兵交出了它的绿
作为俘虏的标志——那一层屈辱的黄
成为人类眼中的风景

只有一种黄是睿智的
犹如华盛顿坚定地让出总统宝座
稻壳在完成它的使命之后
悄然引退，大米以它朴素的白
把人类从饥饿和野蛮中拯救出来

只有一种黄是销魂荡魄的
当你在漫漫长夜里逃脱恶狼的追逐之后
一间房屋的窗口突然射向你的灯光

白之歌

我必须向白致敬

当越来越多的白学会化妆，当灰色
成为不可一世的统治者
各种色彩争相效忠
我向那些一意孤行的白致敬
向它们的寂寞、固执和不识时务致敬

我向月亮致敬。它的身体里
哪怕是残缺的身体
源源不断流出白色的血液

去稀释黏稠的黑暗
那些被恐惧捆绑的事物
只要抬起头望望月亮
它们就有了挣脱绳索和锁链的力量

我向晴天的云致敬：它的白
是我们每个人的翅膀
它一手拉着蓝天，一手拉着地球上的山峦
它要我们学会温柔和仁慈

我向雪花致敬。它精致而美丽的白
使寒冷有了情人般的风韵
它在天上飞扬，天空就是一首诗
它落满了大地，大地就是一篇童话

我向大米致敬。它用它的白拯救人类
却像蚂蚁一样谦卑
它的话语总是朴实而又简洁
谁全神贯注地聆听，他的身体就会散发出
米饭的芳香

我向天鹅和白鹭致敬
它们的飞翔是一种风度在飞翔
是一种白色所象征的意念在飞翔
它们的飞翔使整个天空也越来越像一只鸟

我向玉兰、铃兰、茉莉、梨花、栀子花致敬
它们用纯洁和天真问候整个世界
它们的白散发着梦幻般的气息
我乞求它们的花瓣飞到我身上
成为我的眼睛、鼻子和嘴巴
成为我全身的皮肤、体内的器官

我必须向白色致敬
这色彩王国高贵的女王
这世界之魂
这永远的光芒和引力波

黑之歌

从黑夜的子宫里爬出来
星星，灯，萤火虫，早晨……
全都散发着灾祸和疾病的气息

煤冰一样的坚硬是为了养育
离经叛道的火焰——上帝用冷漠和热烈
给万物上一堂深奥的哲学课

动物和人类的黑眼睛
把阳光和月光收藏为身体里的血和泪
乌鸫、寒鸦、黑天鹅用它们的黑摇晃天穹
天空差点儿坠落下来

一只疯狂的黑山羊和一头傻乎乎的黑狼
在一个平庸作家的小说中同归于尽
乏味的结局有催眠药的效果

土地的黑宛若殉道者的忧郁
风和闪电争着做它的翅膀
它只愿意撑一根路的拐杖

一条黑鱼蹿出我童年的水面
它的尾巴朝太阳使劲摆动三下
这神秘的暗号我至今未能破译

黑色的花朵在雨中慌慌张张地奔跑
我听见四周的诅咒声压过了祈祷声

一只自以为是的蚂蚁蹦上讲台
要对跪在地上的人类训话

明光河（节选）

李森

第一歌 序曲

春红

曾记得，又一个立春的早晨
泥团里的太阳刚从河边破壳而出
一群红马，就在河里梳洗马鬃

那一瞬间，原野沿河岸隆起高山
天庭的第一炉银光在群峰之上浇筑

紧接着，棉朵在山腰缤纷迸裂
水于谷底呼风倾诉

有人传说，一匹马牵着一轮残月
在祖母的村庄里遁去

有人看见，株株山茶红
从林子里出来，立在坡头向阳

有人听见，一群鸟撞开玻璃窗
用肉身向炊烟投掷

马群的青波在过河，马鬃的红晕在漂流
朵朵花白想出世，瓣瓣花红在凌空

阡陌交错的田埂下面
有一团柴火燃烧

黑泥丸和白卵石热气蒸腾

远方之远，雪峰尖顶鼓胀起来
雪峰，正被一群鱼吸吮

在寨子背后的山梁
祖母在种荞，大树杜鹃花正打开
麋鹿遁入大地与松球一起梦游

听春

忽闻鼓声，明光河发源于
演奏暴风和雪崩的一个乐队
音声形色喷薄的泡影
反对人类的语言

于是，明光镇的春光里
洋芋的音符
与大理石的音符砰砰撞击

春风过冈，卿云飞渡
在发热的牛背和铁青的羊角之上
静穆如初的蔚蓝穹顶充盈着水
云彩的火灰撒满田地

接着，山谷里的事物形影相随
云团款款投向河床来汲水
卵石飞向天空去漂移

从村寨向外倾听
咕嘟的泡影在虚构水井和泉眼
从田野向村寨倾听
咯吱的缠绕声在模仿门臼和纺车

绿夏

曾记得，又一个立夏的早晨
有一面镜子在明光河里被闷雷击碎
随后，闷雷在跟旋转的磨盘交谈

绿的造物主出行
他的阵仗在此起彼伏的蛙声中扑面而来

杨柳枝，在挥霍流水的安静
还有一种绿，似乎在昊实里虚构形状
其他的歌谣，一时被绿黏住

当绿在平地上蔓延时翻过一丛丛树木
河流瞬息崩溃的声音
开始化为影子匍匐向前
向前，来到我家的树上结果

接着，堆绿为山
可是，绿的上空一无所有

接着，咆哮的河面上
有一个奔跑的漩涡在打磨一个日晷
可是，影子在打结，绿的远方一无所有

秋焚

曾记得，又一个立秋的早晨
黄作为一段咒语，从果实里放飞

谷黄，在焚烧田垄的棋盘
明光河的泡影，挤在沸腾的铁锅里撕咬篾子

一想到远方，就有一截漂木被举起来

一出戏的道具，一直晃荡在水面

一踏入秋景，一根光芒的钟杵
就插在夕阳里，等待那座移动缓慢的山丘

一想到农人收获的万卷风物
那些古老的箩筐和碗碟
那些被弃置村外的碾锤和水碓
就开始呼唤而来，奔走相告

一想到代代隐去的那些脸庞
农人就要供奉汤饭，焚烧纸钱
颂词，言语的真诚不容怀疑
辞藻不停地舔着纸钱燃烧的火苗

冬空

曾记得，又一个立冬的早晨
大海冰蓝的辽阔倒挂在空天

又一位《广陵散》的作者在演奏河床
他在演奏遗忘，又演奏遗忘

他在演奏欢喜，又演奏欢喜
到了静默的深夜，明月总是噙着泪

他在演奏山高，演奏
让明光河一直流在深谷

他在演奏水流，演奏
使山腰的白练一直在飞

他在演奏白霜，在演奏
一堆堆泡影，在茶炊里顶着炊盖敲钹

一阵阵铃铛，在人世间营救词藻

他在无端地演奏空白，演奏
明光河还在高天奔流
风车在山顶不停地抖动，吐出矿石
村寨的青瓦，层层叠叠翻过屋脊去蹉跎

第二歌　滥觞

那座山

你可听见，那座山峰飞得那么遥远
你可看见，雪的白追着银的灰
而银的灰在滑翔，咬着盐的驮子

那座山峰，旋转得那么孤空
在它隆起的一堆苍青矿石下面
藏有一对安静的车轮

那座山峰，孤冷如铁
在庞大的车队满载的夕阳中漂移
磅礴的影子，使一井又一井白霜黯然失色

在那座山渐渐红润的腹部
有一个水塘吐着几朵莲花泡沫
仿佛一个个仰天呼叫的喉咙

你可晓得，那座山峰飞得那么遥远
一直飞到光芒的窝里酝酿云雨

第一滴水

星宿在明光镇山谷里演奏
躲在墓碑背后的祖母是唯一的听众

山峰如一座在空中睡眠的钟枕着蔚蓝
蔚蓝失声的辽阔，是飞翔的大海
它的衣襟一角裹着一座钟

清早，高山有两条晴岚从胸腔吹出
仿佛两个象牙如意，总是横在山坡

正午，一只鹰隼由远而近飞来人间
那是背着青布包袱的飞矢传来书信

于是祖母听见，明光河的第一滴水
从大地上一座洪钟里滴出
接着，第一个潮湿的音符遇见物种

后来，演奏的星宿已经入睡
洪钟迷失于音声蒸发后的斑斑锈迹
皮鼓迷失于旋律蕴成的一堆色红

曾经站在河边伤水的诗人要远行
如今，站在一块种满庄稼的飞毯之上

第一个水塘

河的源头有一个水塘在自我晃荡
薄雾像一群斑马在饮水

在一截腐朽的木头上
喧闹的黑木耳假装蝙蝠聚群升空
满山的松针在风中穿线

水塘边，风乍起
星宿孵化的一窝琥珀
模仿光斑排队进入水塘自我放生

水塘里，风又起
万千杯盏在自斟自饮

水塘外，岩石匍匐而来
溪水是一组下坡奔跑的链条
刚好卡在一束光的齿轮里

水塘在为万物造词
先造了风之唇和春之胸
接着，又造了雷之环和雨之网

漩涡

一个漩涡在奔跑中明亮起来
跟随而至的漩涡奔向最后一个和声的韵脚
一阵干渴的绿风忽然跌落在水里

在日出时想想遥远的印度洋
火红的枕席漂移着
那些发出巨大鼾声的漩涡在撞击海岸

现在，南来的风悲戚地摇撼竹林
南来的风，要穿过一支支箫管去消失

在日落时想想印度洋金色的床第
光芒的绣针，绣着鱼和海鸟的肉身

现在，夕阳在水塘里烧起火堆
火苗从蜂拥而出的漩涡里升起照亮山谷

野百合

一朵野百合是一个星宿
满坡野百合围绕着喷涌的泉眼转圈

云中有三束聚光灯寂静地投射
一束照着排队汲水的野百合
一束照着寨子中央的一个庭院
一束照着孤身过河的农人

与此同时，所有野花
在攀援一块垂天的玻璃
而星宿在山冈上那些疯狂抖擞的树叶里穿梭

在人世间，有一园摇曳的葵花
在那块垂天玻璃的另一面吸吮日黄

又是夕阳西下，日月同辉
太阳在我家的鸡窝里孵卵
月亮在水缸里出浴
而野百合还在水塘里争相啜饮

又是夕阳西下，人还在天涯
太阳牵着一串野百合翻越我家的篱墙
月亮背着一顶麦秆草帽断后，犹如儿郎

银光雨

明光镇，雨帘背后的古代它叫银光
一个银子在地下发亮的地方从此命名
季风总是在那个山谷更换耳环和簪子
红铁曾经在炉火里跟白银抢夺这个姓氏

直到如今，银子的光亮还在夜里
传成一匹匹白马从矿洞里出来饮水

当银光白马穿过幽深的树林
林中躲藏的睡眠者正在梦里向星空起飞

早晨，祖母的白马在院子里找到自己的马厩
她的朝晖传成的红马又在山顶奋蹄

当第一个马群远去的铃铛归来报喜
明光镇，银光如雨，在地上弹跳
祖母的簸箕和筛子开始超度荞麦
火红的野果开始在箐里超度一群又一群鸟儿

第三歌　仰望

玄铁

山背后，一片漆黑
有两团玄铁在碰撞梦境
一团梦见锄头在村头列队投影
另一团梦见红马掌在路上深陷辽阔

两团玄铁抟着风挨家挨户敲门
斧头和砍柴刀一直在屋檐下倾听

山背后是个巨人的胸腔
它向山前的铁匠铺里吹来狂风

天梯

山背后的高空
向上堆积的火苗在焚烧天梯
天梯顶端
红豹自我焚毁

天梯靠着两朵灰云
两朵灰云在移动天梯

那个时刻
一阵雨丸向天梯飘洒
一群青鱼在梯级上摩擦鱼鳞

在潮湿的林间空地
一簇汉字的胚胎
锁在透明的水珠里蹬腿

在菜园里那个仰望之处
有一个明亮的辞藻一直黏着除草者
它是祖母的白头巾

色流

风无语，色在流
山峰从背后向着山前变灰

灰过山冈，苍青来迎
一圈圈牛羊在山前攀登

花有意，色在流
山峰从山前向着山后变蓝

风有约，色在流
山前的青翠靠着山后的铁幕疯长

水有音声，谷黄来迎
河边的收割者又被色流席卷而去

鹰府

路盘旋到高山之高
顶端是鹰的码头

鹰在码头消失
乘风去了一个空洞的剧场

剧场是一座鹰府
群鹰端坐如仪
鸟喙像刀，眼神如霜

天空有个规定
鹰府在黑夜开门
鹰隼在白昼才能展翅捕猎

天空还有个规定
明光河要在白昼流淌
红霞要遮住人们的眼睛

北斗

回到静穆，洪荒的一夜
明光河从峡谷的胸腔里升空
向北，逶迤向北
如一条银蛇信子在舔北斗七星
那时，长空明亮如昼

回到静穆，深夜的树冠
那黑透的磁铁在吸附乌鸦

北斗七星悄然降临
在祖母的坟头产下露珠
它们与祖母窃窃私语——
“等波纹安静，我们就到达河里。”

在寨子中央的一个庭院
祖母空置多年的箩筐被北斗照亮
祖母挑水的扁担出门凌空行走
追随着扁担远去，萤火虫飞舞如一条星云

太阳雨

飞鸟连天，光的棉朵在蓝下堆积
太阳从田里抽出的琴弦在纺织
雷和雨音声相惜

祖母的坟茔仰起头呼唤
一只大雁在雨帘背后回应
明光河上空挂满了浆洗的布匹

长虹的拱门在河流两岸立起来
祖母在松坡养着的那只白鹤
衔着一封白绢锦书向人间穿越而去

太阳雨，卿云和闪电形色相依
有两座山脉在垂天雨帘的两边停靠

诗译唐诗十首

梁晓明

韦应物夕次盱眙县

篷帆从手中落下来
我面对淮水的南岸
驿站孤单地看着停船
浩大的风
吹起浩大的波浪
无言的黄昏降下沉默的太阳

人一走开
城墙就一片黑暗
大雁收拢翅膀的芦花
水泽一片雪白
独自的
夜晚

想起秦关一带
钟声盘绕在耳朵上
有一个客人
整夜难眠

韦应物：《夕次盱眙县》

落帆逗淮镇，停舫临孤驿。
浩浩风起波，冥冥日沉夕。
人归山郭暗，雁下芦洲白。
独夜忆秦关，听钟未眠客。

此时译写完，我故意把原诗剔出给诗友看。诗友看得津津有味，并对“独自的夜晚/想起秦关一带/钟声盘绕在耳朵上/有一个客人/整夜难眠”大加称赞。诗友是大学里的一个文学教授，他自信阅读量比一般人都要多得多。“但是，”他说，“你这个诗歌完全是一种新的诗歌，最主要是它里面有一种我们自己古诗歌的传统印记。”我看他论述得那么认真，不禁笑了，我只好老实对他交代，我说你看韦应物的这首诗，特别是最后几句：“独夜忆秦关/听钟未眠客。”我这其实就是这两句古诗啊。他一看，呆了，对啊，就是这两句古诗啊！过一会他又醒悟过来，认真地对我说：但你这个依然是一个新的诗歌，虽然是翻译古诗，但就像古诗在你的新诗里重新活了过来。这是个好东西啊。他说。

我很高兴。后来又遇到了很多这样的共鸣者，这也是支持我二十多年来虽然很慢，但终于还是坚持下来的最大的一个鼓励和力量。

这是一个好东西，我现在自己也相信这句话了，因为现在我已经年过半百，从26岁开始到现在，一共也才译写了这50首（40岁左右译写的七八首后来怎么也找不到了）。

我可以保证的是，我做这事，完全是自己的兴趣和对于书店里几十年来那种白话翻译的痛恨，以及由这种认为是破坏古诗的痛恨所化成的力量所驱使。想法很简单，我就是要做这件事，一是让人知道，中国古诗确实是个好东西。同时也想让人感到，原来新诗一点也不比古诗差。

杜甫的舟月对驿近寺

深夜我推开灯

头顶上
月亮停泊着透明的轮船
寺院后庭我的脚下
流水在静静地呼吸

郊外草地
斜坡上
乌鸦叼着松针
无家可归，野鸭
在散步

满头白发我这张跋涉港口的脸
拉开窗帘
一个人
睁着眼睛

杜甫：《舟月对驿近寺》

更深不假烛，月朗自明船。
金刹青枫外，朱楼白水边。
城乌啼眇眇，野鹭宿娟娟。
皓首江湖客，钩帘独未眠。

月朗自明船，其实包含着很多的解意，可以解为：月光明亮，那么舟船自然就会亮堂。也可以解为：舟船本来不亮，是月光照亮了舟船。虽然不同点很细微，但细品，还是很不一样。我这里故意译写为“月亮停泊着透明的轮船”，甚至把原来的这两点含义都更加地深藏起来，但只要细看细品，依然是原诗的含义，却又似乎不同了，但这不同是诗歌不同的形式呈现所致，也是希望阅读时有一种新的感受。因为“透明”，更加客观，虽然也是“照亮”的意思，却需要读者去更妥帖地感受了。还有“月亮停泊着透明的轮船”，是月亮停泊，还是舟船停泊？希望在这样的究义中，原诗中的这个“朗”字也就会隐隐地浮现出来。

杜甫在月夜

今夜点亮鄜州的月亮
她独自在家中
静静地仰望
遥远的
我在想
我很小的一双儿女
现在
还不懂得想念长安

雾气从她的鬓发落下来
白色的手臂在白色的月光下
渐渐渗入寒冷
几时能在明亮的帐幔旁边
我和她倚靠一起
脸上的泪痕被月亮同时晒干?

杜甫：《月夜》

今夜鄜州月，闺中只独看。
遥怜小儿女，未解忆长安。
香雾云鬟湿，清辉玉臂寒。
何时倚虚幌，双照泪痕干。

这是一首很美的温情小诗，特别是想起杜甫颠簸多苦难的一生，对于家庭，对于孩子和妻子的这种想念，如此细致入微的体贴，让人很难想象这是一个大男人杜甫所写的诗歌。如此心肠纠结，忧伤和缠绵。令人不免呼出一声长叹！
多情自古伤离别。又有鲁迅说：无情未必真豪杰，怜子如何不丈夫。杜甫这首诗算是直接回答的典范例子了。
“今夜点亮鄜州的月亮/她独自在家中/静静地仰望”。我译写时增加了一个第三人称，这一增加，诗歌阅读的对象似乎变了，本来是杜甫对妻子所言，似乎是写给妻子的，妻子才是第一读者。但加进了这个第三人称，读者也变成了一个人物，加入到了诗歌里面。诗意并未改变，但形式上变了很多，我并不想用布莱希特所谓的疏离感来进行解释现代性呈现的价值，我只是觉得这样表现，妻子变成了诗歌内容的一部分，似乎更加哀婉、深情、充满画面感。最主要的是我觉得它依然呈现着原诗的意味，并未因形式的改变而破坏了原诗的内容。这才是我译写时极为重视和当作原则的。

白居易蓝桥驿见元九诗

大雪将蓝桥一片染白
大雪的脚迹后
你跟着出现
正如秋风吹到了秦岭
秋风推着我
从此地离开

每次到驿亭
我每次都下马
我绕着墙垣寻找
我细细地盯着亭柱
我在看
哪是你写下的一首新诗？

白居易：《蓝桥驿见元九诗》

蓝桥春雪君归日，秦岭秋风我去时。
每到驿亭先下马，循墙绕柱觅君诗。

白居易的这首诗歌阅读起来，在节奏上有一种回旋环绕的艺术效果，这当然与七绝特有的韵律有关，变成译写的新诗，在节奏上便失去了这种回环，这也是再怎么努力也难以还原的了。不同的艺术形式，再怎么围绕着同一个题材进行呈现，其最终效果，自然也只能在它独有的界限内完成。就像音乐和雕塑，哪怕创作的是同一题材，其呈现出来的一定也是各有其自有的独特效果。要想一样，既不可能，也不应该了。所以，译写这首诗歌时，虽然觉得这种回环是这个诗歌的一个极好的效果，但变成了新诗，也依然只能遵循着新诗的道路走去了。

另外，这首诗歌虽然简单，但诗中隐含的情义却很深浓。有个奇怪的念头，古诗人相互赠诗致意大家一直都很习惯，就像现在的社会情书情诗基本上都是写给女性，大家也觉得正常，但都是中国人，从唐代到现在，致意的对象的不同，其实也有一个极大和极好的课题，足以让社会学家好好研究一番了。弄得好，还真可能是一篇极好的文章。

綦毋潜的春泛若耶溪

可以把大树拔起
但拔不去我要去林间幽居的根须
今天出发，
今天我把我
交付给任何一处遇到的风景。

小船在晚上跟着风走
道路跟繁花
进入了溪口
转到西边巨大的山坳
黑夜刚刚与大地握手
群山之外
我抬头就看见了升起的南斗。
深潭飞起弥漫的水雾
月亮潜行在山林的背后
前途既然比水雾迷蒙
我更加愿意
持竿做一个钓鱼的老翁

綦毋潜：《春泛若耶溪》

幽意无断绝，此去随所偶。
晚风吹行舟，花路入溪口。
际夜转西壑，隔山望南斗。
潭烟飞溶溶，林月低向后。

生事且弥漫，愿为持竿叟。

“幽意无断绝，此去随所偶。”我把这两句直接译写成了第一段：“可以把大树拔起/但拔不去我要去林间幽居的根须/今天出发，/今天我把我/交付给任何一处遇到的风景。”读者一看就清楚，我在这里加进了一些意象、大树和根须等，目的其实也就是想强调和突出作者这种决绝的避世态度。从某种意义上来看，这就有点像“意译”。但不管怎样的译写，有一点是我始终坚持的，那就是不能越轨，不能多出比原作更多的意思。至于手法上，语言语词和形象意象上的选择，相对来说，我更加看重原诗本身的意思和意境。所以，再怎么选择意象，都是要围绕这个原诗的意思来，不能越轨。这也算是我译写古诗的一个原则吧。

罗·乌力吉特古斯

哈森 译

罗·乌力吉特古斯，蒙古国当代著名女诗人、作家。1972年生于蒙古国达尔汗市。著有《第一辑》《春天多么忧伤》《长在苍穹的树木》《有所自由的艺术或新书》《孤独练习》《我的忧伤史》《在遐想的房间》《镜中的佛陀》等诗集，著有《留在眼镜上的画面》《所见之界》《城市故事》等小说。曾获蒙古国作家协会奖、年度优秀诗集奖等奖项。2009年被蒙古国总统授予“北极星”奖章。

作品被译为俄罗斯、英国、法国、比利时、日本、匈牙利、韩国、中国等十多个国家的文字。

镜子的灵魂

像是裸体姑娘在梦游
从镜框里悄悄走出
镜子的灵魂整夜飘在房间

呢喃清晰影子绰绰

微启的眼帘和睫毛
稍稍一动她就惊远
像是裙裾被撩起的妇人
紧张而害羞地蹲下身

散发着清冷的光芒
即便躲闪于帷幕之后
用明亮的目光凝视着
时隐时现在眼前

像是好奇的女孩忍不住走出来
彩虹似的身段袅娜到跟前
伸出她冰冷的手
抚摸我的脸颊和颈项

在我暖暖的呼吸里取暖打盹
她在我身旁端坐到天亮
忽然调皮地睁开眼时
她的光体转瞬消散

答佛问

来世你想做什么?
佛问我
我回答说，想做这世上
最冷的冷

因为这个世界上
没有比我更热的热
触及我粉红嘴唇的人
都会烧焦了他的唇

我的心极度地燃烧着
烧坏了那些脆弱的心
所以我走过的路上
雪，不再会是雪

我火热的头发在风中散开时
已是夏季
被我爱，被我喜欢，被我向往的
所有的一切都会燃烧

这么大的热，这么大的暖
这是怎样的惩罚啊？
现在让我变成月亮吧

之后不怜悯任何人
不为任何人哭泣
带着嘲讽在天际发光吧

空

划火柴
启开黑暗
划火柴
推开黑暗

里面什么都没有

火柴灭了
叫醒心灵撕开看看
火柴灭了
刀划心脏打开看看

还是什么都没有

深夜的地铁

从永恒的传说，抑或从昨日的死亡苏醒的
深夜的诸魂叹息着，在徜徉
高跟鞋的声音洞破石壁
翁媪二人在它的回音中瞌睡

看上去他们已永远地睡去
仿佛清晨时分
灵魂在这里醒来
芦苇一样美丽的姑娘，竹子般英俊的男儿
看似在并肩而行，却谁也看不见谁

在诸多的孤独中我孑孓而行
其实在他们当中连自己都会丢失
干净、寒冷、悠远的长廊深处
坐着穿军装的怯懦的汉子，在伸手乞讨

伸手递给了他十元钱
声音弱弱的，乞讨人抬起头
被人潮推出的、饥渴干涸的心……
霜冻的眼神里闪过活着的光亮

越是逆行越是焦躁地奔跑
首尔的地铁减速驶来
勉强赶上地铁，门关了，再回首时
伸手的三个魂灵
气喘吁吁齐齐站在我的背后。

萤火虫

展开薄翅，黑暗中飞梭的萤火虫
举目眺望时天空满满是眼睛！
每只眼睛都直视着我的眼睛

丢掉所有的羽毛我也长了翅膀

牵手旋舞爱笑的繁星之姊妹
飘浮失重的火花之灵魂
永恒的诸佛亲手点燃的酥油灯
美丽的萤火虫整夜冉冉发光

“要像没有死过一样生活啊！”
在我心灵的殿堂点燃了真祈愿
一吹即灭的火光般的小小心脏
融入晨曦之光停止了跳动

寂静的呐喊

我把你称之为寂静，我的太阳
我把黑暗称之为寂静中的呐喊
……太阳底下总是黑暗一片
佛陀跟我细语时，黎明渐亮

黎明天色发白，白昼诞生于夜晚
认识了死亡，是生活的一部分
永远、永恒、无限、空、深邃
在天空中散发光芒的
哦，这巨大的寂静……
我知道自己已临近寂静

关于星辰飘落的雪……

关于星辰飘落的雪
关于雪中生长的树
关于从树木诞生的春天
关于春天创造的世界

为了写它们，我逃离着死亡

关于从草丛升起的太阳
关于自太阳起始的天空
关于从天空降生的鸟儿
关于由鸟儿创造的愿望

为了写它们，我逃离着生活

夜间雪

我赤裸裸地
以告别诸佛来到这里的那个模样
连皮肤都没有似的，那般赤裸着
张开手臂，摊开掌心站在黑暗中

用呼吸蹭着我的呼吸的秋雪
初雪！
每每散落我掌心时都要惊叫
如同处女成为女人……
啊，疼痛！
再也无法回到过去
纯白的繁星
在漆黑的苍穹……

啊，曾几何时我还是一个女孩？
曾几何时我已成了女人？

……我赤裸的身子一直在发光
被自己看见时
闭上双眼
夜间雪
呲呲地触落我的身子，那么热！

黑色的一天

脸上画着小老鼠、戴眼镜的小女孩
眼看就变成了猫，收起身准备向我跳来
她牵着的小黑狗
诉说着万般的苦难，叹息声令人心惊
虽说雨像雨一样下着，我却没有淋湿
虽说风像风一样卷着，我却没有飞翔
所见的一切都变成了黑色的
面面相觑的一切都满目泪水
今天究竟是怎样的一天啊？

夜夜喧哗的梦境

夜夜我会随着一只雄鸟飞翔。
那只鸟除了乌黑的眼睛周身雪白。

夜夜我化作一棵老树。
撑不住繁茂的叶子弯着腰，
却是全力向上拼命的
呼吸声回响到天上的树。

夜夜我彻悟正在分娩的母亲，正在出生的草
正在诞生的时间之痛苦。
每每的疼痛之后，我像是沐浴了一般。

夜夜我连头发都不剩地脱掉全部，
赤裸裸地走向大海。
那里除了永恒的狂浪之外，
还有永恒的寂静的木桥。

夜夜我抓三条金鱼
又把三条都放回大海。

夜夜我说“你好吗”
又说着“永不再见”结束我的话。
禁不住泪水的黑眼睛蚂蚁们。

夜夜我看见
我的衣衫怎样化作鸟儿在飞翔。
你的手，有一次触及了衣裾
夜晚的粉色薄衫会飞得最高。

夜夜我用男人长长的烟斗
吸烟
用会唱歌的酒杯品尝美酒。
跟我在一起的还有桌子，椅子和窗户……

夜夜我变成男人
占有十六岁的纯洁少女。

夜夜我邀请佛和鬼
争辩
关于人们思维的构造
远远比他们细腻，敏感的话题。
起初，我会取胜。

夜夜我学着母熊
去采集蜂蜜时叮嘱小熊：
“也许有人会来，千万别开门
那可是死亡！”

夜夜我给自己找到三百六十五个名字。

夜夜我进行一番杀戮。
每次杀戮之后洗净双手
拾捡果实而食
总有一股死亡的味道在舌尖
我问果子为何这般香甜
它却总是不愿意回答。

夜夜我站在正在死去的
老人的枕边
念诵玛尼经
欢喜地看着他们的魂
钻进年轻女子腹中的欲望。

夜夜我像拾果子一样拾起星星
当作珍珠在被窝里串起
我的身旁总是坐着那只雄鸟。

每个人

梦里我幻入人们的身躯
打开他们的心脏看他们的灵魂
偶尔有人有黑色的血管
对，还有的有无色的血

握手，微笑的那一位
手背后还有一只手
睁不开眼睛的盲人
觉悟时依然有着明目

揭开一些人的肌肤
掀开他心灵的每一个角落
发现的所有秘密
成为呻吟和呐喊

人的内心，内心之内心
有挂着冷锁的蓝箱子
打开那个箱子一看
每个人都是让人心疼的

浅近的自由
——说新诗是种“弱诗歌”

沈奇

1

说新诗是种“弱诗歌”，最初，也只是一时感慨，随念头找到了个新鲜的说法而已，后来却认真起来。

一者，时值新诗百年，也是新文化运动百年，闲来乱翻书中，有两个相关的资料从阅读中跳了出来，或可略备佐证；二者，不久前，微软发布人工智能机器人小冰写的一本诗集《阳光失了玻璃窗》出版，引起诗界关注与热议，也算一个旁敲侧击式的提示，或可略作印证；三者，既然作为带有一定价值判断与历史反思性质的“说法”提了出来，且已通过之前笔者发表的诗学文章，多次提到这一说法，就不能仅止于“点到为止”，而多少得给出一点学理性的解释才是。

就此展开来说说看。

2

记得三十年前，1987年的《新文学史料》第3期，曾发表由安危译述、题为“鲁迅同斯诺谈话整理稿”的文章，里面有这样一段话：“鲁迅认为，研究中国现代诗人，纯属浪费时间。不管怎么说，他们实在是无关紧要，除了他们自己外，没有人把他们真当一回事，‘唯提笔不能成文者，便作了诗人’。”且指认当时的新诗“都属于创新实验之作”“没有什么可称道的”。

读此文当时，笔者正全身心投入后来被当代诗歌史称之为“第三代诗歌运动”或“后新诗潮”之中，为之鼓与呼，对这样的陈年旧说完全不当回事。唯一惊诧：以大先生之新文化运动领导者身份，也是早期新诗创作者之一，却何以对开一代风气之先的现代新诗，失望且苛责到如此地步？

而如今，人工智能机器人小冰，也“便作了诗人”，且“水平”相当。①

此时再重新品味鲁迅这些话，一方面，理解先生晚年回首中（同斯诺谈话时间在其逝世前数月），深感革命理念和纯粹诗歌世界的双重失落，方出此“极而言之”；另一方面，联系百年新诗的“面”之繁盛与“底”之困顿，“只是煊亮，却不是一宗永纯的灿烂”（陈梦家语），不得不慨叹，百年间还是“大先生”最清醒；所谓“革命者的幻灭感”，在先生这里，无论是就当时新诗状况而言，还是就整个新文学主流所向而言，是一直了然于心而超然独醒的。

恰好，构思此文之际，又偶然翻读到2017年5月15日出版的《三联生活周刊》第936期，特辟“中国群星闪耀时——新文化运动在1917”专栏，在《调和派章士钊》一节里，提到《甲寅》同仁黄远庸给章士钊的信函中建言：“至根本救济，远意当从提倡新文学入手”，提议借鉴西方以文艺复兴为中世纪改革之张本的经验，以“浅近文艺”普及新思潮，使普通民众“与现代思潮相接触而促其猛省”。

这一词“浅近”，真正如醍醐灌顶而豁然开朗！

新诗百年，初以“浅近”为开启，争得“与时俱进”之先声，横空“标出”，立身入史，后来也便在自得于“势”的层面之“浅近”功利，难得本体澄明而潜沉修远。新诗后来又被称为“自由诗”，也便“作了”浅近的自由。再后来新诗又被称为“现代诗”，也便“作了”浅近的现代。总之，不管“面”上怎么变怎么说，底子里总脱不了“浅近”之基因缺陷，至今依然“浅近”如故，乃至以追随整个当代文化之“下行”趋势为乐，甚至沦为推波助澜者。

新诗作为“弱诗歌”，追根寻源，或与此立足扎根之“浅近”脱不了干系？

——下面分头细说。

3

先说“唯提笔不能成文者，便作了诗人”。

当年鲁迅先生说这话，是实有所指（如对“新月派”的不满），还是另有期许（晚年曾有视诗歌为最后一片超越政治论争也超越一切名声之净土的表达），[②]而爱深责苛，一时偏激，姑且不论。笔者在此“拉大旗作虎皮”借力发力，除主要心仪先生的这份清醒外，更冒昧将先生所指“不能成文者”，转而借用于对新诗从众之“综合素质”的“评估”来看待，以作另一番反省。

如此不难发现，百年间如过江之鲫般争先恐后与时俱进的新诗诗人们，就其绝大多数“入行”者而言，确然是“提笔不能成文者，便作了诗人”，作了所谓新诗“成就”的类的平均数。而反过来看，那些以其超凡的文本和人本，切实推进了新诗发展并具有一定诗学价值的诗人，则无一不是有深厚的人文精神及综合文学艺术修养为底背，而别开一界、高标独树者；所谓“提笔”也能“成文”者，便做了堪可开宗立派的真诗人。

同时新诗界都知道，新诗创作“门槛低”“没标准”，以及诸如此类的说法，一直伴随其百年历程，从没消停过，直到进入新世纪，还在开展有关“新诗标准问题”的大讨论，可见此一问题“常在常新”。更有意味的是，这一屡屡被诗界学界提及的“病根”，一直以来，却又很少为唯“创新”与“先锋”是问的新诗从众，真的当回事去仔细思量与反省过，唯乐于与时俱进为是。

由此，一时又联想到，近读明清之际王夫之先生所著《古诗评选》中，一段可谓“慧照豁然”的说头：“古人居文有体,不恃才有所余,终不似近世人只一副本领，逢处即卖也。”[③]

要“居文有体”，非有相当的人格修为与才情涵养不能悟得、行得，且行之有效。具体于创作，或可套用汉语古典诗学所谓“才”“情”“学”“识”四要点概言之。问题是，百年新诗人众，尤其“当代”以来，有几位能企及这样的“有体”？又有几位能“才”“情”“学”“识”兼备而出之？每每与时俱进中，看到的，依旧还是“一副本领，逢处即卖”之辈，乃至连“一副本领”也不得要领，只是逢时逢处即刻卖弄而已。

看来，作为具有深厚人文情怀和深远文体视野，且堪称现代白话文体语言典范（包括至今无人超越之散文诗典范《野草》）的鲁迅，当年对新诗诗人所下“唯提笔不能成文者，便作了诗人”的判语，看是一时偏激之词，实在是百年独醒者，早早给新诗从众提了个大醒。以至于，卞之琳先生在后来的“《鲁迅同斯诺谈话整理稿》座谈会”发言中，还不胜感慨道：“在今日中国，这种现象还比比皆是。”[④]

4

再说“浅近文艺”。

提出这一理念的《甲寅》同仁黄远庸给章士钊的信函，刊登在《甲寅》月刊1915年第一卷第10号，也是月刊的最后一期。其后一年，胡适先生的《文学改良刍议》在《新青年》第2卷第5期发表，接着，陈独秀在下一期刊出了自己撰写的《文学革命论》进行声援。现在看来，当年从《甲寅》到《新青年》，谈及新文学，“提倡”也好，“改良”也好，“革命”也好，其根本方略，还是黄远庸先生一词“浅近文艺”说得最坦白。之后的发展轨迹，尤其是新诗，确然而然，一直是作为“浅近文艺”而被“借道而行”的。

套用此“浅近”之说，落于新诗进程具体而言：先以诗体浅近为路径，复以诗心浅近为惯性，语境改变心境，复以心境迎合新语境，再度“下行”——及至到了所谓“新诗潮”以降的当代新诗，不再为“主流”借道，渐行渐“边缘”且高海拔“崛起”了，原本可以就此回返主体自性与诗体自性，却因“浅近”惯性使然，“与时俱进”惯性使然，以及青春“力比多”惯性使然，很快又陷入新一轮的造势争锋—— 笔者多年行文强调指出当代新诗发展中之“心理机制病变”“运动情结”“枉道以从势”（孟子）等症结，如今看来，皆与此“先天不足”的“浅近”之基因有关。

由此“基因编程”所致，偏激一点来说，新诗百年，主要还是造就了几位新诗人和制造了一些诗歌事件，总体而言，终归是社会学价值大于美学价值，抑或文化学意义大于诗学意义。从发生到发展，既缺乏“底气”之筑基（“提笔不能成文”等等），又缺乏“深心静力”之修为（“浅近文艺”诸般），自性不足，遂诉诸“运动”，“诗歌事件”之鼓噪每每胜于“诗歌典律”之深究，而诗心浮荡，诗体散漫，诗质稀薄。加之，语言层面的“唯新是问”所致诗体意识的先天不足，精神层面的“与时俱进”所致主体人格的后天不良，则始终难以摆脱笔者称之为“模仿性创新与创新性模仿”的困扰，也便“弱”从中来。

故，模仿与被模仿，包括诗人之间的模仿和诗人自我复制，及至智能机器人“小冰”的高冷行世，原本都是“积弱”而“成疾”之事。除极少数诗人守住了人文精神，守住了汉语气质，也守住了诗之为诗的文体基本边界与基本特质，为我们留下了为数不多堪可传世的佳作外，绝大多数新诗从众，按笔者惯常的说法，都只是弱诗人写了一些弱诗歌而已。

诚然，若依循百年新文学尤其是“当代文学”概念下的评价体系而言，新诗的成就实可谓巨大，影响力也实可谓强大，以至于今日“消费”与“秀场”时代主潮下，其海量从众而盛况空前。但其实，这个评价体系赖以支撑的主要“指标”，在于被“借道而行”的各种文化效应与社会效应，所谓“时代最强音”，而一直疏于真正“诗学效应”向度的考量。同时，在“塑造”与“被塑造”的惯性驱使下，亦即，在成功塑造时代精神的同时也一再被时代精神所成功塑造的历史境遇下（所谓“代言人”，包括主流与反主流双向之“代言”），也便乐于也习惯于认同这样一个评价体系，而忽略或无所谓其他价值所在。

换句话说：若将百年新诗之评价体系，换以“中国经验”“汉语气质”“文体意识”三项指标综合考量，其总体成就及其影响力，可能就不容太乐观，或另当别论了。

5

上述“强词夺理”一番，硬要推出个“新诗是种弱诗歌”的理，及其原因所在，下来就得说一说具体弱在哪些方面了。

其一，主体精神之弱。

这是新诗百年的首要“弱”点，也是其关键性的“弱”点，得多说几句。

“诗人是诗的父亲”（英国诗人奥登语），不是养父，也不是教父，是生父，是为爱而孕育、为美而创生的血亲之父。这位“父亲”有着怎样的血型、怎样的气质、怎样的情怀以及怎样的传承，与其“生养”的孩子，实在有决定性的关系，所谓“遗传”使然。

笔者多年前写过一段诗话：一个能跳脱出体制与惯性的拘押，而自由思考的人，方是可能最先接近诗与真理的人——诗是选择“不”的选择；而现代诗的自由，不仅是解放了的语言形式的自由，更是自由的人的自由形式，以免于成为类的平均数，并重新获取独立自由的本初自我。

新诗这位汉语诗歌的“新父亲”，“发新”之初，原本就是为着跳脱旧的体制与惯性，去创生一个融语言形式的自由和自由人的自由形式为一的“宁馨儿”的，却因“发心”中多了一些其他动机，自“诞生”而今，便屡屡为“其他”而累（比如政治论争，比如与时俱进，比如思潮、流派、社团，比如角色的出演与虚构的荣誉等等），而早早失去了“童心”，被“借道”而裹挟于另一种体制与惯性，其主体精神的先天不足与后天不良，是可想而知的了。

“机心存于胸中，则纯白不备。”（庄子《天地》）而“纯白”之在，原本是古今诗人之为诗人，其主体精神之筑基与立足的根本所在。“纯白”既失，何谈“童心”（“诗人是报警的孩子”——法国诗人勒内·夏尔语）？而无论是入世言志的“客观诗人”，还是傲世洗心的“主观诗人”（王国维语），“童心”不存，又谈何“诗心”？实则百年新诗诸般“面”上的问题，其实都与这个主体精神的“弱”点有关系；此一点不强，其他都很难保证不弱。

不妨在此转引“七〇后”年轻学者、诗评家胡亮的一段话，或可作旁证：“如果我们还有一点点文化史的自觉，就会叹息着承认，我们置身其中的这个时代，古代风雅已断，西洋名理未接，文化传承几至于两头失联。单就新诗而论，既缺古人之情怀，又乏西人之肝胆，亦颇有此种大尴尬。”⑤

至此，若还想认领“纯白”，认领“童心”，认领最初的诗意与原始的忧伤，以及“寂寞身前事”，或可提示的是：须从“闹钟时间”回返“心灵时间”，从“事理空间”回返“心理空间”——由此，以独得之秘的生存体验、生活体验与生命体验，为时代局限中的个人操守，求索远景之蕴藉；以独得之秘的语言建构与形式建构，为“言之有物”（胡适语）中的物外有言，探究典律之生成。

所谓：脱势就道。道，在主体自性的纯粹与诗体自性的纯粹；亦即，由被“借道而行”重返“自得而美”。

其二，诗体意识之弱。

作为诗人，你的日常感知可能是散文化的，也可能是小说以及戏剧化的，或者可能是有些形而上意味的，但，一旦要将这种感知落实到“诗的”表意，它一定要是诗性的，一定要是“有意味的形式”（克莱夫·贝尔语）之诗体文本的，而非其他。这应该是个常识，但新诗从众大多在这个常识方面缺乏常识。

一百年了，被我们现在习惯性地称之为“新诗”的文学文本，若单从语言形式的角度来看，实际上，其绝大多数作品，只能算是以现代汉语书写的分行散文及随笔杂感之类（是以有“散文诗”一路）。若再换由散文随笔之文体的本质属性去辨识，或将其比之于优秀的现代散文随笔而言，这些仅在于分行的文字，实际上又很难真正归于其范畴。

道成肉身，这“肉身”之“体要”，是如此的根本；或者说，“诗体”之所在，是诗之“道”所以然的根本属性。

遗憾的是，从二十世纪二十年代的“诗体大解放”，到新世纪“新诗标准问题”大讨论，此诗体意识薄弱的老问题，始终屡屡提起而在在悬而未决，以至于让无限自由分行惯了的当代诗人们，常常怀疑是否是个“伪命题”，是以越发怎么写都成——故而新近，智能机器人小冰，也“便作了诗人”。

其三，汉语气质之弱。

汉语是汉语诗人存在的前提。这个前提的另一旨归即汉语气质。“文以气为主”（曹丕《典论》语），无论古典还是现代，至少在汉语语境中，谈及诗文，这个理还是要讲的。

当年新诗“别求新声于异邦”（鲁迅语），草创不久，便有“中西艺术结婚后产生的宁馨儿”（闻一多语）的期许，但之后至今，大体而言，一直是翻译诗歌为主导的“编程”，或者说，是以引进西方文法语法改造后的现代汉语为主导的“编程”，如梁实秋所言：“新诗的基本原理是要到外国文学里去找。”[⑥] 诚然，经由翻译诗歌的“输血”，不但迅速提升了新诗过渡时期的“精气神”，也极大地丰富了现代汉语的诗歌表意形式和诗性表现域度。然而说到底，这些都是单向度的提升与丰富，原本要融会中西于一体的理念，实际上却变成了唯“西学为体”的路数，缺少古典汉语诗质的传承与重构这一向度的有机互补。

具体于作品的语感和气息，包括一些名家之作，都很难体味到汉语自身的文脉与景深，其“味”与“道”，皆不免单薄、单一、单调。由此可以推想到的是，这样的汉语诗歌，包括智能机器诗人小冰的诗，翻译成（其实可以理解为“还原成”）“西语”之语感与体式，或许比原诗在汉语中的感受更“诗性”一些？而现代诗人都知道一个流行的说法：真正的诗意，原本是在翻译中丢失了的那些部分。

话说回来，一百年，说短也不短，说长也不长，期间，还有那么多诗无安身之时无安身之地的困厄及断裂，有如一个先天不足的新生儿，却又屡屡遭际艰难，如今能发达成这样，已实属不易。何况，还有元气淋漓没受过“震”，且纯然，且焕然，且个性，且任性，猛生生长起来的诗国“新人类”，站在“百年”的肩头继往开来而厚望可期？！但正因为如此，真正爱诗懂诗且以诗为精神家园与生命托付者，方爱深责苛，省弱而求强，补之，正之，谨重之，以求修远而行。

看来，汉语之现代，现代汉语之新诗，由“浅近”而“深远”，由“他者”而“独立”，要走的路还很长。

6

最后，还得补充说明：既然提出“弱诗歌”的概念，按学理讲，总还得同时给出何为“强诗歌”的说法以作参照？就此，笔者也只能从古今中外之经典诗歌作品的粗略比对中⑦，临时生发，想到以下五点。并且，因本文篇幅所限，在此仅作为理念“条目”列出，暂不作诠释——

其一，是既出于教养，又能作用于教养的诗；

其二，是既能与“时人”同销“时代愁”（所谓“现代性”），又能“与尔同销万古愁”的诗；

其三，是既体现了中国经验，又体现了汉语气质的诗；

其四，是既维护、扩展和改进了诗的存在以尽诗的责任，又维护、扩展和改进了语言的存在以尽语言的责任的诗；

其五，是既能化约中西又能化约古今，而重构汉语诗歌传统和汉语诗性生命形态的诗。

以上概而言之，或可留待以后另文详论，此处不再赘述。唯第一条有关“教养”之说，于结尾处还需啰唆几句——

按照西人的说法，诗，包括现代诗，既是“被交流的一种深刻的真理”（阿莱桑德雷语），也是“为安慰有教养的人所做的游戏”（T.S.艾略特语）；“不知诗无以言”，知的什么诗？言的什么言？想来在汉语“孔圣人”这里，也总是脱不了以“教养”为要义的。

而教养的终极作用，在“君子不器”（孔子语），在“自由之精神，独立之思想”（陈寅恪语）—— 新诗百年，新文化百年，无论就当下还是长远来看，此一关键作用，实在是不容再荒疏的了。

只是，至此整体“下行”或“平面化”之文化语境，这样的期许，是否过于高冷而虚妄？

而诗在，即存在—— 回首碎裂的传统，直面纷乱的现代，又何以他择？！

这是我们最后的“底线”，也是我们唯一的“自由”；我们已然“边缘”，不妨彻底边缘。唯有如此，我们才有可能提前“退向未来”。

2017年8月28日改定于西安大雁塔印若居

【注释】

①2017年5月19日，微软发布人工智能机器人小冰写的诗集《阳光失了玻璃窗》，已由北京联合出版公司出版发行。据微软工程师介绍，小冰用100个小时时间，“学习”了自1920年代以来519位中国现代诗人的所有作品，并进行了多达10000次迭代。诗集《阳光失了玻璃窗》从她创作的数万首诗歌中选取收录了139首。同时，自今年2月起，人工智能小冰先后使用了27个化名，在不同平台发表诗歌作品，直至诗集发布时还未被识破机器人真身，有两三首诗甚至被媒体诗刊发表了。对此，从5月23日至6月2日，“诗生活”网站征集整理了近六十位诗人及诗评家对这一“诗歌事件”的观点看法，在其“诗观点文库”先后发表。

②另，按照李怡的理解，鲁迅先生对早期新诗“并不成功”的判断，在于“它并没有走出传统文化的怪圈”，并指认鲁迅认为“中国现代新诗的成就只能建立在它超越于中国古典诗歌层面上”（李怡：《中国现代新诗与古典诗歌传统》增订版，北京大学出版社2008年版第306页）。

③王夫之：《古诗评选》之卷五，鲍照《登黄鹤矶》评语，上海古籍出版社2011年版第218页。

④详见《鲁迅同斯诺谈话整理稿座谈会纪要》，《新文学史料》，1988年第1期。

⑤胡亮：《窥豹录·木心篇》，摘引自胡亮诗话集《琉璃脆》（沈奇主编“当代新诗话”第二辑），陕西人民教育出版社2017年版第62页。

⑥梁实秋：《新诗的格调及其他》，原载1931年1月《诗刊》创刊号。

⑦此处“古今中外之经典诗歌”中的“外国诗歌”，特指经由汉语翻译并作为另一种汉诗看待的经典作品。